頑童歷險記

目川文化

目錄

★【推薦序】

陳欣希（臺灣讀寫教學研究學會理事長、曾任教育部國中小閱讀推動計畫協同主持人）

我們讀的故事，決定我們成為什麼樣的人！

經典，之所以成為經典，就是因為——其內容能受不同時空的讀者青睞，而且，無論重讀幾次都有新的體會！

兒童文學的經典，也不例外，甚至還多了個特點——適讀年齡：從小、到大、到老！

◇年少時，這些故事令人眼睛發亮，陪著主角面對問題、感受主角的喜怒哀樂……，漸漸地，有些「東西」留在心裡。

◇年長時，這些故事令人回味沈思，發現主角的處境竟與自己的際遇有些相似……，漸漸地，那些「東西」浮上心頭。

◇年老時，這些故事令人會心一笑，原來，那些「東西」或多或少已成為自己的一部分了。

是的，我們讀的故事，決定我們成為什麼樣的人。

擅長寫故事的作者，總是運用其文字讓我們讀者感受到「主角如何面對自己的處境、有何情緒反應、如何解決問題、擁有什麼樣的個性特質、如何與身邊的人互動……」。就這樣，在閱讀的過程中，我們會遇到喜歡的主角，漸漸形塑未來的自己；在閱讀的過程中，我們會感受不同時代、不同國家的文化，漸漸拓展寬廣的視野！

鼓勵孩子讀經典吧！這些故事能豐厚生命！若可，與孩子共讀經典，聊聊彼此的想法，不僅促進親子的情感、了解小孩的想法、也能讓自己攝取生命的養份！

倘若孩子還未喜愛上閱讀，可試試下面提供的小訣竅，幫助孩子親近這些經典名著！

【閱讀前】和小孩一起「看」書名、「猜」內容

以《頑童歷險記》一書為例！

先和小孩看「書名」，頑童、歷險、記，可知這本書記錄了頑童的歷險故事。接著，和小孩猜猜「頑童可能是什麼樣的人？可能經歷了什麼危險的事……」。然後，就放手讓小孩自行閱讀。

【閱讀後】和小孩一起「讀」片段、「聊」想法

挑選印象深刻的段落朗讀給彼此聽，和小孩聊聊——或是看這本書的心情、或是喜歡哪一個角色、或是覺得自己與哪個角色相似……。

陳安儀（親職專欄作家、「多元作文」和「媽媽Play親子聚會」創辦人）

在這麼多年教授閱讀寫作的歷程之中，經常有家長詢問我，該如何為孩子選一本好書？而我常常告訴家長：「如果你對童書或是兒少書籍真的不熟，不知道要給孩子推薦什麼書，沒有關係，選『經典名著』就對了！」

為什麼呢？道理很簡單。一部作品，要能夠歷經時間的汰選，數十年、甚至數百年後依舊能廣受歡迎、歷久不衰，證明這本著作一定有其吸引人的魅力，以及亙古流傳的核心價值，才能夠不畏國家民族的更替、不懼社會經濟的變遷，一代傳一代，不褪流行、不嫌過時，歷久彌新，長久流傳。

這些世界名著，大多有著個性鮮明的角色、精采的情節，以及無窮無盡的想像力，令人目不轉睛、百讀不厭。此外，**這類作品也不著痕跡的推崇良善的道德品格，讓讀者在不知不覺的閱讀經驗之中，潛移默化，從中學習分辨是非善惡、受到感動啟發。**

比如說《地心遊記》的作者凡爾納，他被譽為「科幻小說之父」，知名的作品有《海底兩萬里》、《環遊世界八十天》……等六十餘部。這本《地心遊記》廣受大人小孩的喜愛，一共被搬上銀幕八次之多！凡爾納的文筆幽默，且本身喜愛研究科學，因此他的《地心遊記》不但故事緊湊，冒險刺激，而且很多描述到現在來看，仍未過時，甚至有些發明還成真了呢！

又如兒童文學的代表作品《祕密花園》，或是馬克・吐溫的《頑童歷險記》，驕縱的女主角瑪麗和流浪兒哈克，以及調皮搗蛋的湯姆，雖然不屬於傳統乖乖牌的孩子，性格灑脫不羈，無法在課業表現、生活常規上受到家長老師的稱讚，但是除卻一些小奸小惡，在大節上他們卻是堅守正義、伸張公理的一方。而且比起一般孩子來，更加勇敢、獨立，富於冒險精神。這不正是我們的社會裡，一直欠缺卻又需要的英雄性格嗎？

還有像是《青鳥》，這個家喻戶曉的童話故事，藉由小兄妹與光明女神尋找幸福青鳥的過程，作者以隱喻的方式，將人世間的悲傷、快樂、死亡、誕生、……以各式各樣的想像國度呈現在眼前。最後，兄妹倆歷經千辛萬苦，才發現原來幸福的青鳥不必遠求，牠就在自己的家裡。這部作品雖是寫給孩子的童話，卻是成人看了才能深刻體悟內涵的作品，難怪到現在仍是世界舞台劇的熱門劇碼。

另外，現在雖已進入21世紀，然而隨著人類的科技進步，「大自然」的課題，重要性卻日益增加，不曾減低。這次這套【影響孩子一生的世界名著】裡，有四本跟大自然、動物有關的作品：《森林報》、《騎鵝旅行記》和《小鹿斑比》、《小戰馬》。這些作品早已經因為各式改編版的卡通而享譽國內外，然而，閱讀完整的文字作品，還是有完全不一樣的感動。尤其是我個人很喜歡《森林報》，對於森林中季節、花草樹木的描繪，讀來令人心曠神怡。

這套【影響孩子一生的世界名著】選集中，我認為比較特別的選集是《好兵帥克》和《史記》。前者是捷克著名的諷刺小說，小說深刻地揭露了戰爭的愚蠢與政治的醜惡，筆法詼諧逗趣；後者則是中國的古典歷史著作，收錄了許多含義深刻的歷史故事。這兩本著作非常適合大人與孩子共讀。

衷心盼望我們的孩子能**多閱讀世界名著，與世界文學接軌之餘，也能開闊心胸、增長智慧、陶冶品格，將來成為饒具世界觀的大人。**

張佩玲（南門國中國文老師、曾任國語日報編輯）

經典名著之所以能流傳上百年，正因為它們蘊藏珍貴的人生智慧。【影響孩子一生的經典名著】選取了不同時空的精采故事，帶著孩子一起進入智慧的殿堂。當孩子正要由以圖為主的閱讀，逐漸轉換至以文為主階段，此系列的作品可稱是最佳選擇，無論情節的發展、境況的描述、生動的對話等皆透過適合孩子閱讀的文字呈現。

《頑童歷險記》探討不同種族地位的處境，主人翁如何憑藉機智與勇氣追求自由權利的一場冒險，帶領孩子們思考對於現今多元世界應有的相互尊重。

《祕密花園》的發現與耕耘，讓孩子們了解擁有愛是世界上最幸福的事，學習珍惜並懂得付出。

《小鹿斑比》自我探索的蛻變過程，容易讓逐漸長大成熟的孩子引起共鳴，並體會父母對自己殷切的愛與期待。

《好兵帥克》莫名地遭遇一連串的災難，如何能樂觀面對，亦讓在學習階段可能經歷挫折的孩子思考，用更正面的態度因應各種困境。

《森林報》對於大自然四季更迭變化具有詳實報導，並在每章節最末設計問題提問，讓孩子們練習檢索重要訊息，培養出對生活周遭的觀察力。

我們由衷希望孩子能習慣閱讀，甚至能愛上閱讀，若能知行合一，更是一樁美事，**讓孩子發自內心的「認同」，自然而然就會落實在生活中。**

施錦雲（新生國小老師、英語教材顧問暨師訓講師）

108新課綱即將上路，新的課綱除了說明12年國民教育的一貫性之外，更強調「核

心素養」。所謂**「素養」，……同時涵蓋** competence 及 literacy 的概念，competence 是學**科知識、能力與態度的整體表現**，literacy **所指的就是閱讀與寫作的能力**。

一套優良的讀物能讓讀者透過閱讀吸取經驗並激發想像力，閱讀經典更是奠定文學基礎最好的方式。

張東君（外號「青蛙巫婆」、動物科普作家、金鼎獎得主）

有些書雖然是歷久彌新，但是**假如能夠在小時候以純真的心情閱讀，就更能獲得一輩子的深刻記憶**。……縱然現在的時代已經不同，經典文學卻仍舊不朽。我的愛書，希望大家也都會喜歡。

戴月芳（國立空中大學／私立淡江大學助理教授、資深出版人暨兒童作家）

因為時代背景的不同，產生不同的決定和影響，我們讓孩子認識時間、環境、角色、個性、條件會影響抉擇，所以就會學到體諒、關懷、忍耐、勇敢、上進、寬容、負責、機智，這些都是**不同時代的人物留給我們最好的資產**。

謝隆欽（地球星期三 EarthWED 成長社群、國光高中地科老師）

就一本啟發興趣與想像的兒童小說而言，是頗值得推薦的閱讀素材。……文字淺白，情節緊湊，若是**中小學生翻閱，應是易讀易懂；也非常適合親子或班級共讀**，讓大小朋友一同與書中的主角，共享那段驚險的旅程。

王文華（兒童文學得獎作家）

【影響孩子一生的世界名著】跨越時間與空間的界限，帶著孩子們跟著書中主角一起生活與成長，從閱讀中傾聽《小戰馬》、《小鹿斑比》等動物與大自然和人類搏鬥的心聲，跟隨《地心遊記》、《頑童歷險記》、《青鳥》追尋科學、自由與幸福的冒險旅程，踏上《騎鵝歷險記》、《森林報》的歐洲土地領略北國風光，一窺《史記》、《好兵帥克》的中國與歐洲一戰歷史。**有一天，孩子上歷史課、地理課、生物自然課，會有與熟悉人事物連結的快樂，自然覺得有趣，學習起來就更起勁了。**

李貞慧（水瓶面面、後勁國中閱讀推動教師、「英文繪本教學資源中心」負責老師）

孩子透過閱讀世界名著，將**豐富其人文底蘊與文學素養**，誠摯推薦這套用心編撰的好書給大家。

李博研（神奇海獅先生、漢堡大學歷史碩士）

介於原文與改寫間的橋梁書，除了提升孩子的閱讀能力與理解力，他們更可以從一則又一的故事中了解各國的文化、地理與歷史，也能從《好兵帥克》主人翁帥克的故事中，明白戰爭帶給人類的巨大傷害。

金仕謙（臺北市立動物園園長、台大獸醫系碩士）

在我眼裡，所有動物都應受到人類尊重。從牠們的身上，永遠都有值得我們學習的地方。很高興看到這系列好書《小戰馬》、《小鹿斑比》、《騎鵝歷險記》、《森林報》中的精采故事。

相信從閱讀這些有趣故事的過程，可以從小**培養孩子們尊重生命，學習如何付出愛與關懷，更謙卑地向各種生命學習，關懷自然。**

真心推薦這系列好書。

第一章　故事的開始

如果你沒讀過《湯姆．索耶歷險記》那本書，就不知道我是什麼人；不過沒關係，那本書是馬克．吐溫先生寫的，他所寫的基本上都是事實，除了有一些地方是胡扯之外；不過這也不要緊，我幾乎沒見過哪個人只說過一、兩次謊的，除非是像波莉阿姨或道格拉斯寡婦那類的人，或許瑪麗也算是。對了，她們三人的事都有寫在那本書裡。

那本書的結局是這樣的：湯姆和我找到了那些被強盜藏在山洞裡的錢，因此發了一筆橫財。我們兩人各分到六千塊錢——都是金幣！後來，撒切爾法官幫我們把錢拿去投資，這樣，我們每天都能各自拿到一塊錢的利息呢！

道格拉斯寡婦把我當成她的兒子，說要讓我變成一個文明人。那個寡婦很講規矩，在她家過日子真是鬱悶，所以我偷偷溜走了！我重新穿回破爛衣服，鑽到原本裝糖的巨大木桶裡，滿足的享受著重回的自由；可是湯姆找到了我，

說他要組織一個強盜幫，可以讓我加入，條件是我必須回去和寡婦一起生活，做個像樣的人，我只好照他的意思做了。

回到道格拉斯寡婦那兒，寡婦對我又哭又罵，還說我是迷途的羔羊，不過，她沒什麼惡意。然後，她又硬要我穿上新衣服，我只得穿上，但這衣服穿起來怪彆扭的，讓我沒辦法自在的活動，又熱得滿身大汗！

華森小姐是寡婦的姐姐，她很瘦，戴著一副眼鏡，沒有結婚，剛搬來和寡婦一起住。她拿著一本識字書幫我上課，她非常嚴厲，一會兒說：「哈克貝利，別把你的一雙腳擱在那上邊，別弄得嘎吱嘎吱響，請坐正。」一會兒又說：「別這麼打呵欠，別這麼伸懶腰，學著規矩些，哈克貝利。」

我苦苦支撐了差不多一小時，寡婦才叫她對我放鬆點。我真看不出這樣有什麼好，不過，我從沒有說出口。因為一說出口，便會惹麻煩，討不到好。

呼，我終於可以落個清靜了！

夜晚靜悄悄的，這個時候大人們都睡得死死的。我坐在靠窗的椅子上，感

到孤單而且不快樂。「噹——噹——噹——」遠處的大鐘敲了十二下，又完全靜了下來，四周感覺比剛才更安靜了。

不一會兒，我聽見窗外有根樹枝「啪嗒！」一聲斷了，接著又馬上聽見細微卻剛好可以捕捉到的「喵嗚、喵嗚」叫聲。太好了！我也盡量「喵嗚、喵嗚」的小聲應和。隨後我吹熄蠟燭，從窗戶爬了出去，爬到一間儲物棚屋頂上，再從那兒溜到院子樹叢裡。

果然沒錯，湯姆·索耶就在那兒等著我呢！

喵嗚
喵嗚
喵嗚
喵嗚

第二章 湯姆、索耶的強盜幫

我和湯姆踮著腳尖，沿著院子樹叢裡的一條小路，往圍籬方向走，小心的彎著腰，不讓矮樹枝蹭到頭。經過廚房的時候，我被樹根絆了一跤，發出了聲響，湯姆和我馬上屏息蹲下。華森小姐的大個子黑奴吉姆正坐在廚房門檻上——我們看得一清二楚，因為他背後還點著燈！

吉姆聽到動靜，站了起來，伸長脖子，問道：「誰？」

他又聽了聽，然後靜悄悄的走了出來，正好停在我和湯姆中間的位置——近到我們都能伸手碰到他了！就這樣，幾分鐘又幾分鐘過去了，沒有人發出一丁點聲音。吉姆開口說：「嘿，你是誰？你在哪裡？」我們更是不敢稍動，連大氣都不敢喘一口。

「我要是沒聽見聲音才怪呢！好吧！我知道我該怎麼辦，我就坐在這兒等，反正會再聽見的。」於是他就在我和湯姆中間坐了下來。他靠著一棵樹伸

Tom Sawyer
Hu

展雙腿，其中一條腿都快碰到我的腳了。後來，吉姆的呼吸聲漸漸變大，還打起呼嚕。湯姆和我便趁機溜了出去。

來到屋子對面的小山頭，我們站在山邊往下面村子看，只見還有三、四處燈光在那兒一閃一閃；頭上的星星燦爛閃耀；村莊旁邊有條大河，足足有一英里寬。我們走下山頭，找到了喬．哈珀、貝恩．羅傑和其他兩、三個男孩，他們都躲在那間舊製皮廠裡。

我們解開一艘綁在岸邊的小船，順流而下兩英里半，來到山腳的一處斷崖邊，上了岸，走到一片矮樹叢前，湯姆叫我們每個人發誓，會永遠保守祕密。然後我們點起蠟燭，跟著湯姆走進樹叢最茂密的地方，爬進裡面的一個小山洞，手腳並用爬了大約兩百公尺，山洞突然變寬敞了，最後，

我們來到了一個像房間大小、四壁滲著水珠的地方。湯姆說：「現在，咱們成立強盜幫，就叫做湯姆．索耶幫吧！要加入的人都要宣誓才行，還得用血寫上自己的名字。」

每個人都願意，他們不僅宣誓，還拿別針刺破手指，擠出血來在湯姆準備好的紙上簽名，我也在紙上畫了押。

貝恩．羅傑說：「那我們強盜幫要做什麼呢？」

湯姆說：「不是搶，就是殺。」

「可是我們能搶誰啊？去搶人家的房子？還是去搶牛搶羊？」

「胡說八道！那根本不算搶，而是偷。我們不是小偷，那太沒派頭了！我們是大盜，攔路搶劫的那種！我們要戴上面具，打劫過路的馬車，把人殺掉，搶走他們的錶和錢！」

我們選了湯姆．索耶做首領，喬．哈珀做副首領，之後就各自回家去了。

天快亮的時候，我爬上小棚屋，再從窗戶爬進房間，我的新衣服上全是泥

和土，我也累得要命。

早上，華森小姐看到我把衣服弄得那麼髒，狠狠嘮叨了我一頓。可是寡婦並沒有罵我，只是把衣服上的污垢刷洗乾淨。她看起來那麼難過，讓我覺得自己真得好好乖一陣子了——如果我能辦到的話。

我老頭有一年多沒露面了，這倒是讓我開心得很。我再也不想見到他了。他以前沒喝醉時，只要能抓到我，就會揍我一頓；雖然大多時候，我只要看到他在附近閒晃，就會躲到樹林裡去。

大約就在這時候，我聽說他淹死在小鎮旁那條大河的上游，離這裡差不多十二英里遠的地方。不過我剛好知道，一個淹死的男人漂在水面上會是臉朝上，而不是背朝上，所以我確定，死的不是我老頭，而是一個穿著男人衣服的女人。但這麼一來，我又覺得不自在了，我猜老頭子不久後就會找上我了。

將近一個月的時間，我時常和強盜幫混在一起鬧著玩，裝裝強盜的樣子。我們每次都會從樹林裡突然跳出來，衝向那些趕豬的販子和趕著去市場賣菜的

女人，結束後就到山洞裡去，吹噓自己有多厲害。

有一次，湯姆說他從間諜那裡聽到祕密情報，知道隔天有一批西班牙商人和阿拉伯的富翁要在「空心洞」紮營。他們會帶著兩百頭大象、六百隻駱駝、一千多匹滿載著鑽石的騾子，而且只有四百名衛兵護送，所以我們可以設下埋伏，把他們都殺了，再把東西全搶過來。當然，我不信我們打得過這一票西班牙人和阿拉伯人，可是我想看看駱駝和大象。所以第二天，當我們一接到指令，立刻跑出樹林、衝下山去準備搶劫。可是那兒既沒有西班牙人和阿拉伯人，也沒有大象和駱駝，什麼都沒有，只有一群學校的低年級學生，在那裡舉行野餐活動。我們橫衝直撞的把學生人群衝散，把他們趕到山溝裡，但最終什麼也沒有搶到。

後來的三、四個月，我幾乎天天都去上學，稍微能念念書、寫寫字，還把乘法表背到「六、七、三十五」了，我想，哪怕我能夠長命百歲，也沒辦法再往上背了，再說，我可不想把時間花在數學上。

一天早上，我在院子爬上梯子，翻越高高的木板圍牆，突然發現新的積雪上，有人的鞋印。那鞋印是從採石場的方向過來的，根據鞋印可以看出那個人在梯子旁站過一會兒，然後又繞著木板圍牆走了一圈，可是沒有走進來，真是奇怪。我才打算順著鞋印追查，但是彎下身去一看，就看出了蹊蹺：左鞋印上有個大十字架，那是用大釘子釘成的十字架，是用來避邪的。

當天晚上，我點上蠟燭回到房間，嘿！有個人坐在那裡——正是我老頭！

我關好房門，轉過身去，看見他就在那兒。我以前很怕他，起初我以為我又害怕了，但是我立刻就明白了過來，我只是對於他這麼突然的出現吃了一

驚，其實我根本不怕他，沒什麼好怕的。

我站在門口盯著他，他也盯著我。我把蠟燭放下，發現窗戶開著，知道他是從棚屋的屋頂爬進來的。他把我從頭到腳打量一遍，說：「這不是一個富家公子了麼？一張床，一條被子，還有鏡子，地板上鋪著地毯呢！可是，你親老子還在製皮廠跟豬睡在一塊兒！人家說你發財了，到底是怎麼回事？」

「他們都是胡說的。」

「跟我說話可得小心點，我回到鎮上兩天了，聽見人家都說你發了財，我今天就是為這個來的，明天你把那些錢都給我拿來。老子要！」

隔天他喝醉了，跑去撒切爾法官那兒大鬧一場，逼人家要把錢交出來，可是法官沒有給他。

撒切爾法官和道格拉斯寡婦一起去法院告狀，請求法院判決，讓我跟老頭子斷絕父子關係。可是新上任的法官，根本不清楚老頭子的底細，還說不願意把一個孩子從父親身邊奪走，這下子撒切爾法官和寡婦也無計可施了。

這個新來的法官要老頭子重新做人，還把他帶到自己家裡，給他穿好的、吃好的，對他真是好到家了！可是老頭子又犯了酒癮，喝醉酒摔斷了手臂。法官有點兒生氣，可是也拿他沒辦法。

老頭子養好傷又開始惹事了，他不時上法院逼著撒切爾法官交出那筆錢，而且脅迫我不准去上學。有一天，他逮到我，把我捉到大河上游三英里遠的地方，划著小船過河來到伊利諾州，那裡有一片茂密的樹林，地方很偏僻，只有一間破舊的小木屋，我們就住在那裡。他整天看住我，我根本沒有逃跑的機會，到了晚上，他就鎖上小木屋的門，把鑰匙放在自己的枕頭下。

幾個月就這麼過去了。這天像往常一樣，老頭子要我跟他一起到河邊去，看看有沒有魚上鉤。我看見六月的河水漲了，好多木頭從上游漂下來。我一隻眼睛注意著老頭子，一隻眼睛盯著河面上的一艘獨木舟，那獨木舟差不多十三、四英尺長，而且顯然是沒人的。我急忙潛進河裡，在水下追上了獨木舟，把它拖到岸邊，偷偷藏在樹叢裡。嘿！這樣等我逃跑的時候，就不用往樹林裡

跑，可以直接跳上船，一口氣划到五十英里外的地方。

我藏好獨木舟後走了出來，四下張望，看見老頭子一個人在小徑上，拿著獵槍瞄準鳥兒，所以我剛才做了什麼他根本沒瞧見。

吃完早餐，我們又躺回去睡覺時，我滿腦子都在想，如果能讓老頭子和寡婦放棄找我，事情就可以一了百了。不過這肯定比趁他們不注意，溜得大老遠，更需要好好策劃一番。

起床後，我們沿著河岸往上走，河水漲得很快，更多木頭被沖刷下來，在河裡漂著。不一會兒，漂來了一個木筏——九根大木頭緊緊捆在一起。我們划船出去，把木筏拖到岸邊後，老頭子立刻要拿去鎮上賣掉，所以他把我鎖在小木屋裡，自己划船、拖著木筏往下游去了。我估計他那天晚上趕不回來，便拿出之前在屋頂夾層找到的鋸子，在木屋後牆鋸開一個洞。我猜在老頭子划到對岸之前，我就已經從鋸開的洞爬出去了。

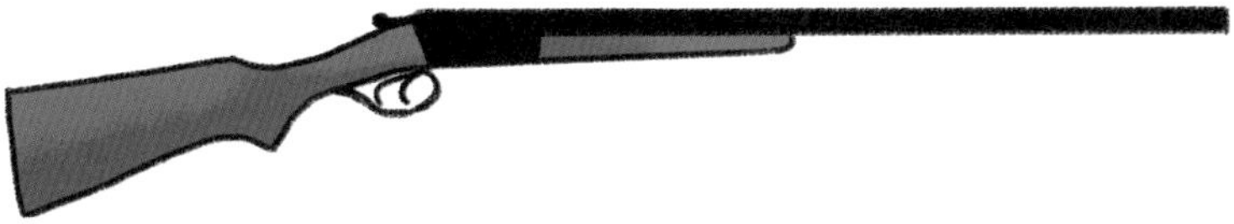

我把屋裡的食物、火柴、釣竿、鍋子、毯子，只要有點用的東西，通通收拾好一起帶走。到了外頭，我撒了些土蓋住木屑，再把鋸開的木頭放回原位，如果是站在幾步遠的地方，根本看不出這裡被鋸開過一個洞。

把東西搬上船後，我拿著獵槍找尋鳥的蹤影，卻意外撞見一隻從農場跑出來的豬，我把豬一槍打死，拖回小木屋。接著，拿斧頭劈開木門，進屋後用斧頭割開豬的喉嚨，放它在地上流血。然後，拿起一口舊布袋，裝滿石頭，蘸滿豬血，拖著沉重的布袋從豬身邊開始，拖過木門，拖過樹林，一路拖到河邊，再沉入河底。最後，那頭倒楣的豬也被我扔進了河裡。

我從獨木舟裡拿出一袋玉米粉，在袋子底部戳一個洞，扛著它從門口，穿過草地，來到一條小溪邊，沿路留下一道痕跡。再把玉米粉袋口縫上，扛回獨木舟。我不知道這條溪流向哪裡，

但是我很確定它不會流入那條大河。

我把船槳拖進河裡，爬上獨木舟。我心想，大家一定會以為我被哪個強盜殺害了，然後順著小溪去打撈我的屍體，而我呢？愛上哪兒就上哪兒。對了，我可以去傑克遜島，我對那個島很熟悉，而且誰也不會到那兒去；夜裡，我還可以偷偷划船過河，到鎮上找些我需要的東西。

第三章　華森小姐家的吉姆

我片刻也沒耽擱，馬上划著船順著急流而下，很快就來到了傑克遜島。傑克遜島孤立在河水中央，島上的樹木濃密，整座島巨大、漆黑又沉穩，像一艘沒有點燈的擱淺渡輪。

隔天早上一覺醒來時，太陽早已高高升起，我想是八點過後了。我打算四處探險，上上下下把整座島走遍，摸清楚這裡的一草一木。當我一個勁兒往前走時，突然踩到一堆營火的灰燼，咦！那上面還冒著煙呢！

我的心臟像是要跳出喉嚨一樣！我連忙拉下獵槍扳機，悄悄的往後退，一溜煙跑掉了。等到晚上，我看那裡出現火光，便小心翼翼的走過去，一瞧又被嚇了一大跳——地上竟然躺著一個人用毯子蒙著頭和身體！我躲到一棵矮樹後面，偷偷盯著他，一刻也不敢鬆懈。

天色微亮時，毯子下的人似乎睡醒了，他打了呵欠、伸了懶腰、毯子一掀，

啊！原來是華森小姐的黑奴吉姆！

看到他，我真是高興，不禁大叫一聲：「喂，吉姆！」然後我從矮樹後跳出來，問道：「吉姆，你怎麼在這兒？你是怎麼來的？」吉姆被突如其來的我嚇得跳起來，緊張兮兮的瞪著我。他看起來很窘迫，一會兒才開口說：「我要是告訴你，你可不許說出去啊！」

「我要是說出去，就不得好死。」

「好吧！是這麼回事：華森小姐老是找我碴，對我很凶，雖然她說過不會把我賣到紐奧良，但我老是看見一個黑奴販子在華森小姐家附近打轉，所以還是很擔心。有一天，我正好偷聽到華森小姐在對道格拉斯寡婦說要把我賣到紐奧良的事，我一害怕，就趕緊溜出門逃走了。」

就這樣，黑人吉姆和我便在傑克遜島住了下來，日子過得逍遙又自在。

一天晚上，河面上漂來一間歪歪斜斜的木造房子，我們划著獨木舟靠過去，從屋子樓上的窗戶爬了進去，可是一片漆黑的什麼也看不見，我們只能先

繫好獨木舟，等天亮了再說。

當天開始微微亮起，我們從窗口往屋子裡瞧，發現屋角地板上好像躺著一個男的。吉姆說：「你別動，讓我去瞧瞧。」他走過去，彎下身，仔細看過之後說：「他死了，被人從背後開槍打死的，估計死了有兩、三天了。」吉姆從旁邊抓了幾件舊衣服，蓋住屍體的臉，才叫我進屋去。

房子地板四處散落著紙牌，還有威士忌酒瓶。

我們找到一盞舊的白鐵皮燈、一把鐵柄割肉刀、一把嶄新的大折疊刀，還有幾支牛油蠟燭、一個白鐵燭台、一個葫蘆瓢、一個白鐵杯子、一把斧頭和一些釘子。等我們把東西統統搬進獨木舟，天已經很亮，幸好，我們一路上沒遇見任何人，平平安安回到了島上。

一天早晨，我感覺日子過得太沉悶，想著要不要溜

到對岸打聽消息，吉姆也贊成這個主意，拿出一件花布衫幫我喬裝，又讓我戴上遮陽的大草帽，在下巴繫上帶子，還叮嚀我扮女生要有女生的樣子。

天一黑，我就駕著獨木舟沿伊利諾州的河岸往上游划，橫過大河來到小鎮下方，把船拴好後上了岸。有一間小茅草屋裡點著燈，我輕手輕腳溜過去，偷偷從窗戶往屋裡瞧：一個四十多歲的女人坐在松木桌邊，在燈光下織著毛衣。她的臉很陌生，應該剛搬來沒多久，真走運。我敲了敲門。

「進來吧！」那個女人對我說：「請坐。」

我坐下後，自我介紹：「我叫莎拉．威廉士，家住胡克維爾，離這兒七英里遠的地方，我一路走來，累壞了。」

「你餓了吧？我去拿點東西給你吃。」

「不了，我休息一下就走。」

不一會兒，她就聊起了我老頭和謀殺的事情。她說到我和湯姆．索耶找到那一萬兩千塊錢的事，說到我那老頭是多麼討厭的傢伙，最後說到了我被人謀

殺的事情。

我趕忙問：「那凶手是誰呢？是誰把哈克貝利．費恩殺死的？」

「唔，有人猜是老費恩。」

「不會吧！是他嗎？」

「也有人猜是一個逃跑的黑奴，那傢伙的名字叫吉姆。」

「啊！為什麼？他……」

「那個黑奴就是在哈克貝利．費恩被殺死的那天夜裡逃跑的。警方懸賞捉拿他——三百塊錢；另外還懸賞捉拿那個老費恩——兩百塊錢。」

我急急忙忙告別她，匆匆走到停船的地方。一跳到船上，便用盡全力往回划，回島上後，鑽進林子，看見吉姆正躺在那兒呼呼大睡，我大喊：「快起來，吉姆，他們在追捕我們，我們得快跑！」

吉姆什麼也沒問，但肯定被嚇得半死，看他拼命收拾東西的樣子就知道了；約莫忙了半個鐘頭以後，我們把所有的東西都搬上藏在水灣裡的木筏，然

後就撐著木筏，在樹影下無聲無息的前進，默默離開了傑克森島。

在大河上漂流好幾天後，我們在第五天夜裡碰上了一場暴風雨，白茫茫的大雨一片一片的往下澆，一道閃電劈下，霎時把河面照得光亮，清楚可見我們置身的寬直大河，以及高聳的懸崖峭壁，讓人覺得很恐怖。閃電消逝的那一瞬間，我突然看見一艘觸礁的小蒸汽輪船，歪斜的躺在河中，船舷還有一部分露出水面。

我的好奇心又犯了，想到船上去看看，吉姆不想，埋怨了幾句，但還是被我說動了。當另一道閃電照亮破船時，我抓住右舷上的吊車，把木筏拴在那裡。

我們爬上破船，在黑暗中摸索到船長室門前，突然聽見一陣低沉的聲音，有人哭著說：「喔，弟兄們，饒了我吧！我發誓絕對不會說出去的。」

「吉姆．特納，你又在說謊騙人了。少來這一套，我看你這回肯定要倒大楣了！」

這時候吉姆已經嚇得往木筏那邊退回去，我卻好奇得要命，心想：要是湯姆．索耶在這裡，他絕不會退縮不前的，那我也得去看看到底是怎麼回事。

於是我趴在狹窄的通道上，手腳並用的往船尾爬去，這時我瞧見那兒有一個人，躺在地上，手腳都被捆著，旁邊站著兩個人，其中一人拿著槍對準地上那人的腦袋，另一人手裡提著一盞昏暗的煤油燈。躺在地上的那個人嚇得縮成一團，他說：「畢爾，畢爾，求求你，饒了我吧！我絕對不會說出去的。」

手提煤油燈的人哈哈大笑，他說：「你當然不會說出去嘍！我敢說，你這輩子還沒說過比這更可靠的話，可是你

再也別想唬住誰了！把手槍收起來吧，畢爾。過來，我有話要跟你說。」

他們走進特等艙，我聽見那人說：「我們得趕快收拾好，搭救生船到岸上把東西藏起來。至於吉姆．特納，反正這條船不出兩個鐘頭，就會四分五裂，到時候讓吉姆自己淹死，比我們把他殺了好，他只能怨他自己，可怨不了我們。哈哈！」

隨後他們就走了，我溜回竹筏，嚇得渾身冒冷汗。我壓低嗓子喊道：「吉姆！」誰知他就在我身邊，哼了一聲當作回應。我說：「吉姆，趕快！那裡面有一幫殺人凶手，咱們得早一步放走那艘救生船，把他們全部困在這兒，再叫警察來抓他們，快！趕快！我從左邊找，你往右邊木筏那兒找起。咦，木筏，木筏呢？我的老天啊，木筏被沖走了！」

我嚇得喘不過氣來，差點暈倒，我們竟然跟這些殺人凶手一起困在這條船上！現在，為了自己，我們非得先找到那條救生船不可了。我和吉姆偷偷往船尾走去，終於，模模糊糊的看到一艘小船的影子，真是謝天謝地！正當我打算

走近救生艇的時候，船艙門開了，一顆腦袋從裡面探了出來，我立刻止住腳步，只見那人又縮了回去，說：「畢爾，把那提燈拿走！別被人看見了！」他把一袋東西扔到救生艇上，隨後爬進船裡坐下，畢爾也跟著上了船。那人低聲又說：「等等！你搜過他身上的東西了嗎？」「沒有，你呢？」「沒有。這麼說來，他身上還有錢呢！」「咱們得把錢拿走。」於是他們又離開小船，走進了船艙裡去。我馬上跳上小船，吉姆也慌慌張張的衝了上來，我急忙拿出刀子，把連接大船的繩索割斷，然後死命的划船逃走。

河面上大雨滂沱，過了好長一段時間，雨才止住，烏雲卻沒有散開，雷聲依然轟隆，天上的閃電照亮前方，我們看見遠處漂著一個黑漆漆的東西，趕緊追了上去，那正是我們的木筏。在更遠處，又出現了一點燈光，真是太好了！

我們把船上的贓物胡亂堆到木筏上後，我要吉姆乘著木筏順流而下，到大約兩英里遠的地方就點上一盞燈等我過去；而我繼續划著小船，朝前方的燈光靠過去。

那是一艘點著燈的船，我看見一個看船的人，腦袋垂在兩個膝蓋中間睡著了。我推推他的肩膀，放聲大哭。他驚醒後問我怎麼回事，我哽咽著說：「爸爸、媽媽，還有姐姐，都在後面那條大船上，你快去救救他們吧！」

「老天啊，我這就去叫人開船。」他一轉身進入船艙，我立刻跳回小船，往上游划了一段距離，然後停下來，想等這艘救人的船出發，我再放心離開。可是過了一會兒，那艘載了殺人兇手的破船就黑糊糊的、歪歪扭扭的漂來了。我心裡打了個冷顫，趕緊朝它划過去。破船已經下沉的很厲害，就算船上還有什麼人，估計也很難有生還的機會。我繞著它划了一圈，又張開嗓門大叫了一陣子，但是沒有人回應，我心裡覺得有點難受。隨後，我就看見呼救的船行駛而來，於是趕緊把船頭一歪，將小船划開，順著大河而下，使勁的划著槳。

好像划了好長好長的時間，我才看到吉姆點亮的燈。等我划到吉姆那兒，東方已經漸露魚肚白；所以我們朝一座小島划去，靠岸後把木筏藏在隱密處，又將小船沉入河裡，然後兩人往樹叢裡一鑽，就像死人一樣睡著了。

第四章　格蘭紀福一家

我和吉姆的目的地是卡羅鎮，它位在伊利諾州的盡頭，俄亥俄河就在那兒流進密西西比河，我們打算到那裡先把木筏賣掉，搭上小蒸汽輪船，再順著俄亥俄河往上走，前往不買賣黑奴的自由州。

一天深夜，在一片濃霧之中，河面上忽然駛來一艘蒸汽輪船。我和吉姆連忙把燈點上，好讓船上的人瞧見我們。我們聽到大船轟隆轟隆的開過來，可是直到逼近眼前才看清楚，它正朝著我們直衝而來！船上有人衝我們大嚷，還有胡亂的叫罵聲，機器停止運轉的響鈴聲，以及汽笛鳴聲大放的聲響。吉姆跳下木筏鑽到水裡，我也趕忙從另一邊潛下水，就在這一刻，蒸汽輪船直挺挺的朝木筏衝了上來，頃刻間把它撞個粉碎。

我大聲嚷著找吉姆，可是沒有得到任何回應。我一面踩著水，一面抓住一塊木板，推著它往岸邊游去，好不容易爬上了岸。眼前只有一條短短的路，我

摸索著走了四、五百公尺，來到一幢雙排的木造大房子前。我正想繞過去，一大群狗突然跳了出來，衝著我狂吠，我只好站住不敢亂動。

一分多鐘過去，有個人從窗戶裡往外頭喊：「是誰？」

我說：「是我。」

「『我』是誰呀？」

「喬治．傑克遜，先生。」

「你有什麼事嗎？」

「沒什麼，先生，我只是路過這裡，可是這些狗把我攔了下來。」

「深更半夜的，你偷偷摸摸的要幹嘛？」

「我並沒有偷偷摸摸，先生，我只是從蒸汽輪船上掉進水裡了。」

「啊！是這麼回事啊！誰幫忙劃根火柴吧！你說你叫什麼名字？」

「喬治．傑克遜，先生，我還是個小孩子呢！」

「那麼，喬治．傑克遜，你認識謝伯遜他們嗎？」

「不認識，先生，從沒聽說過。」

我才踏進門，那位老先生立刻把門鎖上，還插上門閂，再叫上兩個年輕人帶著槍往裡頭走。隨後我們走進一間大客廳，他們舉起蠟燭，把我仔仔細細的看一遍，最後大家才說：「嗯，的確不是謝伯遜家的，他的樣子一點也不像。」然後，一個個子大我一些，年紀跟我相仿——大概十三、四歲左右——名叫伯克的年輕人，帶我到飯廳去。他們招待我吃東西，我邊吃邊跟他們聊天，把自己的故事又瞎編一次，說姐姐跟人家跑了，爸爸也死了，自己搭船掉到了河裡。於是他們跟我說，只要我願意，儘管把這裡當成自己的家，愛住多久就住多久。

沒過多久，我就認識了格蘭紀福一家人。格蘭紀福上校是一位紳士，渾身都是紳士派頭，他家裡的人也一樣。除了小兒子伯克，還有大兒子巴布和二兒子湯姆——兩個哥哥都是高個子，長得很俊，寬寬的肩膀，古銅色的臉龐，頭髮又長又黑，眼睛炯炯有神，穿著一身白麻布衣服，頭上戴著寬邊巴拿馬草帽。

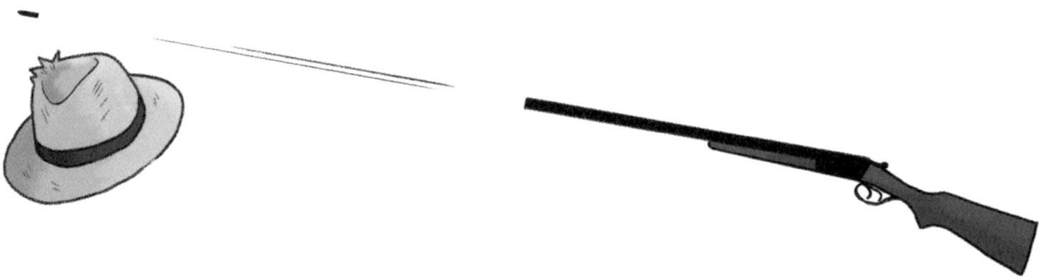

另外還有夏樂蒂小姐，二十五歲，個子很高，樣子很驕傲，看起來不太好惹，但是長得挺漂亮的。蘇菲亞小姐是妹妹，也很漂亮，但是跟姐姐不一樣，她看起來既溫柔又可愛，像一隻鴿子，她才二十歲。

格蘭紀福先生擁有很多田地和一百多個黑奴，家裡排場很大，派頭十足。離格蘭紀福一家不遠的地方，還有一些有錢的人，他們大多姓謝伯遜。

有一天，伯克和我在樹林裡打獵，忽然聽見一匹馬跑向我們，伯克說：「快！跳進樹叢裡去！」我們躲在樹叢裡向外張望，不一會兒，只見一個年輕人騎著馬飛奔而過，他的樣子很神氣，像個軍人似的，把槍橫在馬鞍前頭。

「我見過他，他叫哈尼．謝伯遜。」這話才說話，槍聲就在我耳邊響起，哈尼頭上的帽子一下子彈飛了起來。他拿起槍，勒馬

回頭朝我們躲藏的地方衝來，我們拔腿就跑，一口氣跑回到家，一刻都不敢停。

「伯克，你剛才是打算射死他嗎？」

「嗯。」

「他得罪你了嗎？」

「他嗎？他沒得罪過我。」

「那你為什麼要開槍射他？」

「哼！也不為什麼，就因為我們兩家是冤家，三十年前就是了。」

「很多人被打死了嗎？」

「是啊！經常有人喪命。爸爸身上就有幾顆大子彈沒取出來，巴布被獵刀刺傷了幾處，湯姆也受過一、兩次傷。」

我出門走到河邊，心裡想著這兩家的恩怨。一個黑奴跑過來，說要帶我去看水花蛇，我跟著他走了半英里路，又在水深及踝的池塘中跋涉了半英里遠，最後看見一塊平地，那兒的地是乾的，還長了茂密的大樹、小樹和藤蔓，好像

還有一個人在那裡睡著了——哎呀！天哪！這不是我的老吉姆嗎？

吉姆醒來後，並沒有我預料中的吃驚，只聽他說：「那天我受了點傷，不像你游得那麼快，很快就落後了。我看見你爬上岸，後來聽見你在跟屋子裡的人說話，可是一下子又沒有了聲音，我想你大概進到屋裡去了，所以就先往樹林裡頭走，等待天亮。第二天清早，有幾個黑人要下田幹活，從我身邊經過，看見我，就領我到這個地方。這裡隔著一片池塘，狗不會聞到我的味道，他們給我送吃的，還把你的情況告訴了我。」

「你怎麼不早點叫他們帶我到這裡呢，吉姆？」

「我還沒準備好之前不會去打擾你的。現在可行了，我買了些鍋子、盤子還有一些吃的東西，晚上的時候就修理那個木筏，後來……」

「哪個木筏？」

「就是我們之前那個木筏啊！它沒被整個撞碎，只是撞壞了一些地方，倒是木筏上的東西差不多都沒了。不過我已經把它修好，搭了一個小帳篷，而且

補齊了必需的物品。」

我不想多談第二天發生的事，簡單來說，就是蘇菲亞小姐偷偷離家，跑去跟哈尼·謝伯遜那個年輕夥子結婚，格蘭紀福家的人不肯善罷甘休，把親戚都叫來，帶上槍、騎上馬，去攔截他們，還打算殺死那個年輕人。在一片混戰中，伯克被槍打中，喪了命。我哭了好一會兒，因為他真的對我很好。

這天，天才剛黑，我沒有回格蘭紀福家那棟房子，而是直接往池塘走，去找吉姆。吉姆見到我很高興，我們沿著河岸走到停放木筏的地方，木筏已經被吉姆整理得煥然一新。

我們撐著木筏順流而下大約兩英里，直到密西西比河中間，才真的放下心來。隨後，我們把信號燈掛起來，吉姆拿出一些玉米餅和乳酪，還有豬肉、包心菜和青菜，我們邊吃著晚飯邊聊著天。我們說，其他地方住起來就是彆扭又煩悶，怎麼比得上把木筏當成家呢？在木筏上，你會覺得天大地大，多自由又痛快啊！

一早天快亮時，河上漂來一條獨木舟，我坐上它往河岸划，再順著一條柏樹林夾岸的小溪，往上划了大約一英里。忽然，我看見兩個人在一條小徑上拼命往這邊跑，我想這下肯定完蛋了。現在只要看到有人朝我跑來，我就直覺的認為他在追捕我，要不就是吉姆。我打算趕緊開溜，可是他們一路朝我逼近，大聲叫嚷著求我救他們，說後頭的人和狗就要追上來了，才說完就想跳上獨木舟，我趕緊說：「等等！我還沒聽見人狗追趕的聲音，你們還來得及沿河岸往前跑一小段路，再從那兒涉水爬上船來，這樣一來，那些狗就聞不到味道，也就找不到你們了！」他們照做了。

等他們一上船，我立刻划著獨木舟開溜。不到幾分鐘，就聽見狗吠和人聲，但沒見他們現身，他們似乎停在那邊瞎找了一陣。我們繼續往前划，越划越遠，

漸漸聽不見他們的聲音。等我們把一英里長的柏樹林甩在後面，划進大河時，才確定自己平安無事了。

新來的這兩個傢伙，一個大概是七十來歲的禿子，長著灰白的落腮鬍，頭上戴著一頂舊寬邊毛氈帽，身上穿著一件弄髒的藍色羊毛衫和一條破舊的藍色粗布褲子，褲腳套在靴筒裡。他手臂上還掛著一件粗藍布的舊燕尾服，上面釘著漂亮的銅鈕扣。另外那個傢伙三十來歲，穿得也很寒酸。他們兩人都帶著又大又鼓的絨氈做的破手提包。

回到木筏上聊天了一陣，我才知道，這兩個一起亡命天涯的傢伙，竟然彼此不認識。

「人家為什麼要追你啊？」禿頭問另一個傢伙。

「唉！我在賣一種去除牙漬的藥，有效是有效，可是老把牙齒表層也一起弄下來。唉！我早點開溜就好了！不該在那兒多待一夜的。後來我在逃跑的路上，就碰上你了，就這麼回事。那你呢？」

「唉！我原本在開布道會宣傳戒酒，宣傳了一個禮拜，老老少少都很歡迎我。我也掙了不少，一個晚上就有五、六塊錢。後來不知怎麼的，有謠言傳開，說我自己老是偷偷喝酒解悶。今天早上一個黑奴把我叫醒，說大夥兒把狗和馬都預備好了，他們打算過來抓我，要給我抹上柏油、黏上雞毛，把我綁在棍子上受罪。我一聽，連早餐都沒吃就溜之大吉了。」

「老頭兒，」年輕的說：「我看我倆還算合得來，一起做點事吧！你覺得如何？」

「我不反對，不過，你是做哪一行的？」

「我本行是在報社裡當印刷工人，也做點兒藥品生意，還當過演員——專演悲劇，偶爾也玩點催眠術，摸摸骨相什麼的，再有空就去學校教唱歌和地理，換換口味和環境，有時候我也會給人演講。我做的事可多了，有什麼工作找上門，我就去做。你又是做哪一行的？」

「我年輕的時候有很長一段時間都在幫人看病，按摩是我厲害的手藝，專

治毒瘤和中風這些毛病。如果有人跟我合作，替我先把人家的底細查清楚了，那我算命也算得上神準。傳教也是我的本行，我可以在野外開布道會，還能到處講道。」

「各位，」年輕的那個突然一本正經的說：「我要告訴大家一個祕密，因為我認為你們值得信任。其實，若要追溯我的祖先，我還是一個公爵哩！」

吉姆一聽這話，眼珠子都鼓出來了，我想我也一樣，隨後禿頭就說：「我呸！你說的是真話嗎？」

「是真的！」年輕的那個辯駁了一番，大意是，他的曾祖父是布利吉華德公爵的長子，上世紀末來到美國，在這兒結婚生子，沒多久就死了，留下一個兒子，還是個嬰兒。老公爵也在那時過世，但是爵位和遺產都被他二兒子給奪取，應該繼位的娃娃公爵，才會什麼都沒得到。而他是娃娃公爵的嫡系子孫，應該是名正言順的布利吉華德公爵呢！

聽完這些，那個禿頭半天不吭聲，好像有心事似的，過了半晌後，他說：

「喂，不吉利華德，我真替你感到難過，但是這麼倒楣的可不止你一人哪！」

「是嗎？」

「不吉利華德啊，站在你面前的這個人，正是法國王太子啊！」

「啥？你是啥？」

「真的，一點兒不假，我就是可憐失蹤的王太子，路易十七，也就是路易十六和瑪麗．安托瓦內特的兒子。」

「你呀！瞧你這年紀，不對啊！你大概是想說，你是古代的西羅馬皇帝查理曼吧？我看你至少應該有六、七百歲了唷！」

「不吉利華德啊，咱們說不定還要在這木筏上相處很長的時間，講話這麼酸溜溜的，傷了感情對你有什麼好處？你沒有當上公爵，不能怪我；我沒有當上國王，也不能怨你。那又何必這麼難受呢？隨遇而安吧！咱們能在同一艘船

上也不壞啊，吃的東西有的是，日子也過得逍遙自在，算啦！公爵，我們握握手吧！大夥兒交個朋友。」

公爵照辦了。吉姆和我都很高興，因為木筏上要是有人起衝突，可是大家都倒楣呢！其實，我心裡有數，這兩個傢伙根本不是什麼國王、公爵，只不過是兩個無賴加騙子，可是我什麼也沒說，故意裝作不知道，這樣才不會跟人起爭執，惹出什麼亂子。

如果真要說，我從我老頭那兒學到了點什麼，我想至少是學會了跟這類人打交道最好的辦法，就是讓他們愛怎樣就怎樣，別招惹他們就對了。

第五章　皇家人物的騙術

大河灣以下三英里處，有一個巴掌大的小市鎮。公爵說他要去鎮上辦件事，國王說他也要去，看看能不能到鎮上撈點錢。我們的咖啡喝完了，所以吉姆說我最好跟他們一道，去買點咖啡回來。

我們到鎮上一看，發現街上根本沒有人，空蕩蕩的。一個院子裡的黑人告訴我，大家都到兩英里外的樹林裡參加布道會了。國王把路線打探清楚，決定上那兒，在布道會上好好施展一番，他說我也可以跟著去。公爵說他要找間印刷所，我們在木匠鋪子樓上找到一處，門沒有上鎖，工人們都去參加布道會了，裡面又髒又亂，牆上到處是一塊塊的油墨，還貼滿了傳單，上面印著一些馬和逃跑的黑奴。公爵脫下上衣，準備開始工作，我就跟著國王去了布道會。

布道會在一個棚子底下舉行，棚子很大，容得下一大群人，我們看見牧師正領著大家唱讚美詩。突然，國王跑了過去，只見他衝上講臺，牧師邀請他給

大家說點話，然後他就說開了。

他說，他在印度洋上當了三十年的海盜，船上那幫人在打鬥中死了不少人。這次回來老家，原本打算再招募一批船員，可是昨晚他遭人搶劫，身上連一毛錢也沒了。不過，這是他這輩子遇過最走運的事，因為已經他浪子回頭、改邪歸正了。他決定立刻動身，用自己的餘生規勸其他海盜，叫他們走上正途，並對他們說：「你們不用謝我，我沒有什麼功勞。你們要謝，就謝巴克維爾布道會上的那些兄弟姊妹吧！還有在那兒講道的牧師，他真是海盜們最難能可貴的朋友啊！」

他說完就哭了起來，大夥兒也被感染得紛紛擦眼淚。隨後就有人大聲吆喝：「幫他湊點錢吧！幫他湊點錢吧！」又有人出聲說：「讓他拿著帽子，在所有人面前走一圈，收點錢吧！」大家都同意這麼辦，牧師也認可。於是，國王拿著帽子在人群中走著，一面擦眼淚，一面恭維、祝福人家。

後來，回到木筏上的時候，他把募來的錢數一數，總共有八十塊七毛五分

錢。公爵呢，本來還以為自己進帳不少，但是看到國王的收入後就不這麼想了。公爵在印刷所幫人排版，賺了四塊錢。另外他還代收了四塊的報紙廣告費，以及三個訂戶的報款四塊半，還說那是他規規矩矩工作一天賺來的。

然後他把另外印的一張傳單拿給我們看，這是他免費為我們做的。那傳單上印著一個逃跑的黑奴，黑奴的肩膀上還扛著一個包袱，圖片底下印著「**懸賞兩百元**」。那上面印的就是吉姆，簡直分毫不差。傳單上寫著：「**吉姆去年冬天從紐奧良南部四十英里處的聖賈克農場逃走，誰把他抓到送回原主，就能領到兩百元獎金和一路的花費。**」

公爵說：「好了！過了今晚，只要我們願意，白天也可以趕路了！我們只要看見有人過來，就可以拿繩子把吉姆綁起來，再拿這張傳單給人家看，說我們在大河上游抓到他，可是因為太窮，搭不起蒸汽輪船，只好向朋友借錢買了木筏，要坐到下游去領這筆懸賞獎金。」

我們沒有靠岸，一直乘著竹筏往前漂行。這天一早，國王和公爵從帳篷裡出來，樣子無精打采的，不過，等他們跳進河裡游了一會兒後，看起來就好多了。吃過早飯後，國王在木筏的一個角落坐下，脫掉靴子，捲起褲腳，把腿伸進河水裡晃蕩著，看起來很舒服。隨後他點起煙斗，背誦《羅密歐與茱麗葉》的臺詞，等他稍微背熟之後，就跟公爵一起排練。

後來，公爵找機會印了幾份演出用的海報。我們在大河上又漂流了兩三天，木筏上非常熱鬧，因為一天到晚盡是鬥劍、彩排等活動，就像公爵說的「簡直沒完沒了」。一天早上，我們來到阿肯色州的一個小鎮，在離小鎮上游大約四分之三英里的地方，我們將木筏靠岸拴好，除了留下吉姆一個人，其餘的人坐上獨木舟，划往那個小鎮，想看看有沒有機會靠演出撈一筆。

我們的運氣真不錯，當天下午，有一個馬戲團在鎮上演出，所以聚集了很多人。馬戲團還沒天黑就會離開，正好給我們一個絕佳的機會演出。公爵租下場地後，我們便四處張貼海報。海報上寫著：

莎士比亞名劇重演！

精彩絕倫！
僅此一晚！

倫敦特勒雷巷劇院世界著名悲劇演員
小但丁・賈里克
倫敦皇家草市大戲院和皇家大陸劇院的
老埃特蒙特・基恩
連袂演出莎士比亞經典劇碼：
《羅密歐與茱麗葉》之「陽臺情話」一幕。

羅密歐——賈里克先生
茱麗葉——基恩先生

全新服裝、全新布景、全新道具共同呈現！

外加演出：
名劇《理查三世》之「鬥劍」場面
絕世奇觀，驚心動魄！

理查三世——賈里克先生
里士滿——基恩先生

即將再應邀赴歐洲表演！
僅此一晚，逾時不候！
入場券每張二角五分，
兒童、奴隸優惠一毛。

貼完海報後，我們就在鎮上各處閒逛。快到中午時，街上的大篷車和馬匹從四面八方湧入小鎮。許多家庭帶著午飯在大篷車裡吃，不少人在喝威士忌，還有些人在打架，單就我看到的就有三起，另外有些人在大聲唱歌：「老伯格斯來啦！從鄉下來，照老規矩，每個月來小醉一回——他來啦！」

街上的人一個個眉飛色舞，我猜他們準是習慣拿伯格斯尋開心，其中一個人說：「不知道他這回要槓上誰？要是這二十年他把所有被他槓上的人都收拾掉的話，現在肯定耀武揚威的。」

另一個人說：「我倒希望伯格斯可以槓上我，這樣一來，就算再過一千年我也死不了！」

伯格斯騎著馬飛奔而來，擺著印第安人的架勢，衝著大夥兒吼道：「讓開，快給我把路讓開，我是來打仗的，棺材要缺貨啦！棺材要漲價啦！」

伯格斯是個五十多歲的老人，他喝醉了，在馬鞍上東倒西歪，滿臉通紅。大夥兒都朝他嚷嚷，衝著他笑，或說些咒罵的話，他也回嗆，說他一會兒就會來收拾大家，現在他沒工夫，他是來取老舍本上校老命的。他的人生信條是：「吃肉要緊，餐後甜點再慢慢享用。」

伯格斯騎著馬在鎮上最大的一家店鋪停下，他彎下身子，從門口的布簾探頭朝裡面張望，並大叫道：「舍本，你給我出來，有種你就出來會會被你騙光錢的人吧！你這個騙子，老子今天來就要取你這條狗命。」他不停的謾罵，把可以罵人的話都用上了。整條街上擠滿了人，大夥兒聽著他罵，一邊笑，一邊起鬨。終於，有個人從店鋪裡走了出來，是個五十五歲左右的男人，穿得很講

究、很氣派。看見他出來，大夥兒紛紛往兩邊退，讓路給他。他語速緩慢，一字一句的對伯格斯說：「我已經受夠了，你給我聽好，我再忍你一會兒，過了一點鐘，你還繼續罵我的話，可要當心了！就算你逃到天涯海角，我也不會放過你的！」

說完，他就回到店鋪裡。看熱鬧的人一片鴉雀無聲，沒人再鼓噪。伯格斯騎馬離開，一路上喋喋不休的碎念著，可不一會兒，他似乎改變了主意，掉過馬頭又回到店鋪前，衝著裡面不停叫囂。旁邊的人都勸他不要罵了，因為離舍本先生說的一點鐘，只剩下十五分鐘了。但是他聽不進去，還把帽子扔進爛泥裡，騎著馬從上面踩過。方才跟他說過話的人，都好心勸他從馬背上下來，這樣他們就能把他關起來，讓他醒醒酒；也有人大喊：「快去叫他女兒過來，他會聽她的！」可是，伯格斯繼續發著酒瘋，更加肆無忌憚的咒罵著舍本先生。

突然，有人喊道：「伯格斯！」

我也跟著所有人轉頭看過去，舍本上校動也不動的站在大街中央，右手舉

著一支手槍，但他沒有瞄準伯格斯，而是將槍口朝上對著天空。看到槍，原本聚在伯格斯身邊的人們馬上一哄而散。這時，只見舍本把槍口擺平，將兩個槍筒上了膛，伯格斯舉起雙手說：「天啊，別開槍！」可是遲了，**砰**！第一顆子彈已經發射，伯格斯踉踉蹌蹌的往後退，雙手無力的在空中亂抓。**砰**！第二聲槍響炸開，他被澈底擊倒了，身體重重向後摔去，雙臂張開。這時，一個大約十六歲的年輕女孩慘叫一聲，飛奔過來撲倒在伯格斯的身上，一邊哭一邊說：「天哪！他把我爸爸殺死了，他把我爸爸殺死了！」看熱鬧的人又從四處聚攏過來，推推搡搡，伸長脖子，想看個究竟。舍本上校把手槍往地上一扔，轉過身，走開了。

伯格斯被抬到一個小藥房裡，他最後喘了十來口長長的氣，就死了。大家把撲倒在他身上的女兒拉開後，就開始商量，說應該把舍本抓來處以私刑。說話間，大家又群情激昂，一窩蜂朝舍本家去，準備找舍本算帳，替伯格斯報仇。就在此時，舍本走了出來，手裡拿著一支雙筒槍，從容不迫的站著。面對這樣的氣勢，剛才亂哄哄的人群，又像潮水一樣退開。

舍本挖苦道：「你們居然也想動用私刑懲罰人，真是笑話！你們怎麼會覺得自己有這麼大的膽子，竟敢來要一個好漢的性命！不要以為你們敢欺負那些外地來的、無依無靠、無親無友的女人，給她們抹柏油、貼雞毛，就以為自己有膽量來對付一個好漢。我還不清楚你們這些人嗎？各個都是膽小鬼，你們本來是不敢來的，一般人都不愛惹麻煩、冒風險，但是只要一個人有點膽子起了鬨，你們就不敢不來，因為你們不想讓別人知道自己是膽小鬼！現在，你們滾吧！把你們當中那個有膽起鬨的半個好漢也給我帶走。」他一邊說，一邊把槍往上舉，扣著扳機。

所有人迅速往後退，馬上往四面八方逃跑了。我也不願意再待下去，便跑到馬戲團那兒去。趁著看守的人沒注意，我從帳篷底下鑽了進去，天哪！那馬戲團的表演真是精采，好看極了！

當天晚上，我們的戲劇也上演了。可是整個晚上只來了十二個人，剛好抵消我們的開支。剛開始，觀眾們看著這齣悲劇哈哈哈的笑個沒完，簡直要把公爵氣瘋了，後來表演都還沒結束，觀眾就陸陸續續離開，只剩下一個睡著的小孩。公爵大罵這些阿肯色州的土包子，根本不配看莎士比亞的戲劇，他們只配看趣味低級的滑稽戲，或者，可能連看滑稽戲都不夠格。但是他說，他已經瞭解這些土包子的口味了。於是，隔天早上，他拿來一些大包裝紙和油墨，畫了幾張海報，貼在小鎮的各個角落。

海報上寫著：

法院大廳，只演三晚！

全球著名悲劇明星
小大衛・賈里克
與倫敦及歐洲大陸各大戲院演員
老愛德曼・基恩
主演驚人的悲劇
《國王的駝豹》！
又名《皇家寵物》！
票價每張五毛！
婦女及兒童不宜觀看，謝絕入內！

「你等著看吧！」公爵說：「如果有了最後這行字他們還不來的話，那我真的是不懂阿肯色人的口味了。」

第六章　偉大戲目的上演

公爵和國王忙了一整天，布置舞臺，懸掛布幕，弄了一排蠟燭當舞臺腳燈。當天晚上，法院大廳很快就擠滿了人，直到再也擠不進任何人的時候，公爵就走上戲臺，發表了一番小小的演說。他大肆誇獎即將演出的悲劇，並稱讚它是有史以來最激動人心的好戲，同時還吹捧了一下這齣戲的主角老愛德曼．基恩。吊足觀眾的胃口之後，他把幕布向上一拉，只見國王蹦蹦跳跳的走出舞台，全身塗著一圈圈五顏六色的條紋，像彩虹一樣鮮豔，再加上其他的裝扮，看起來根本是胡鬧，不過好笑極了！觀眾們捧著肚子哈哈大笑，都樂瘋了！國王在臺上嬉皮笑臉的跳了一會兒，就退回了後臺；可是觀眾們又是掌聲又是歡呼的，國王只好重新回到臺上，把剛才的動作又表演一遍；可是觀眾們還沒看夠，又大叫著讓他再表演一次。真的，這個老傻瓜的精采表演，就算是一頭牛看了都要哈哈大笑哪！

最後，公爵放下布幕，對觀眾們一鞠躬，並且宣布這齣偉大的悲劇，只能在這裡再演兩個晚上，因為接到倫敦方面的邀請，倫敦特勒雷巷戲院的座位也早就被預訂一空了。接著，他又朝大家鞠躬，說如果大家對演出滿意，還請他們多加宣傳，請親戚朋友們都來欣賞。

有些觀眾喊道：「什麼？這樣就演完了？」

公爵說是的，沒有別的了。這下子觀眾可氣炸了，他們紛紛大呼上當，要往戲臺上衝，不過這時候，有個相貌堂堂的高個子男人跳到一條長凳子上，大喊：「先生們，請先別動手，讓我說幾句話。」

他說：「是啊！我們都上當了，可是，如果鎮上的人知道我們受騙，我們肯定會被嘲笑一輩子。千萬不能讓這樣的事發生啊！不如這樣，我們出去大聲誇讚這齣戲好看極了，把其他人都騙來看，這樣大家就同在一條船上了。你們說，對嗎？」

「對，對極了！」其他人大聲附和。

「那就這麼辦！回去以後，我們誰都不提這回受騙的事，只管勸大家來看這齣戲！」

隔天，鎮上對前晚戲劇演出的評價全是讚美之詞。到了晚上，大廳又再度爆滿，我們如法炮製，又把大夥兒騙了一次。

第三個晚上，大廳又被擠得水泄不通。但是這一次，我看得出來，觀眾們全是第一天和第二天來過的人。我和公爵一起站在門口剪票，發現每個進場的人，口袋都塞得滿滿的，衣服裡面也鼓鼓的。不用搜身我就知道，那裡面裝的絕對不是什麼香料，我聞到了臭雞蛋和爛白菜的味道。如果有人跟我說他把死貓也帶進來了，我肯定也相信。我數了數，一共有六十四人進場。

等到大廳再也塞不下人的時候，公爵遞給了某個人兩毛五分錢，請他幫忙看顧剪票口一會兒，自己轉身往舞臺走去，我也緊跟在後面。當我們走到拐彎處的時候，在一片漆黑中，公爵跟我說：「我們現在得快跑，就像後面有鬼在追一樣，往木筏那邊跑，快點離開這棟房子，快！」

我照做了，跟著他一塊兒逃命。我們幾乎同時跑到木筏那兒，然後馬上解開木筏繫繩，往下游划去，四周一片寂靜，河面上伸手不見五指。我正在想，那個可憐的國王估計要被觀眾們揍一頓了，就看見國王從雜物堆裡鑽了出來，說：「嘿！公爵，我們今天這場戲如何啊？」原來，他今天根本就沒有到鎮上去。

直到遠離那個小鎮十英里外的地方，我們才敢點燈、吃晚飯。一路上，國王和公爵談起他們如何戲弄那群觀眾，笑得連骨頭都要散了。

隔天，天快黑的時候，我們在河中的一

個小沙洲靠岸，正好河的兩岸各有一個村莊，公爵和國王商量再去那兩個村莊行騙。他們打算再試試《皇家寵物》，因為這個把戲很賺錢，可是他們又覺得不安，擔心上游的消息已經傳到這兒來了。

他們一時無法做出決定，公爵說他要先躺下來想兩個鐘頭，看看如何在這兩個村莊再大賺一筆。國王說：「不如就說我們是從聖路易或辛辛那提來的，不然說個別的大城市也行。我們去搭蒸汽輪船到鎮上去吧。」我當然很樂意。

當我們乘著獨木舟，划向搭乘蒸汽輪船的碼頭時，半路上，遇見一個長相好看又老實的鄉下年輕人，他坐在岸邊的一塊木頭上，身旁放著兩個大手提包。因為天氣很熱，他不停的擦著臉上的汗。

「把獨木舟划過去吧！」國王對我說。

國王朝那個年輕人打招呼：「嘿！你要上哪兒去啊？」

「我要搭汽船去紐奧良。」

「到我們船上來吧！」國王熱情的招呼著，「我的助手會幫你拿手提包的。

你上岸去幫幫這位先生，阿道夫斯。」——國王指的是我。

年輕人說：「我剛才看見你的時候，還在想這是不是哈維．威爾克斯先生呢？來的真是時候啊！後來想想又覺得不對，他怎麼會從大河上划船過來呢？你不是威爾克斯先生，對吧？」

「不是，我是亞歷山大．布洛格牧師，我為上帝服務。很遺憾威爾克斯先生沒趕上時間，但願沒有耽誤什麼事情。」

「啊！他來遲了照樣會得到財產，只是趕不上替他的兄弟彼得送終。彼得臨死前很想和他見一面，彼得真的願意不惜代價見到他，這三個星期來，他壓根兒就沒談過別的事情。

自從他們在孩提時分開之後，彼得一直沒再見過他的兄弟們——還有威廉——就是又聾又啞的那個，還不到三十歲呢！留在這裡的只有彼得和喬治——就是結過婚的那個，但是喬治和他老婆都在去年過世後，彼得就只剩下哈維和威廉這兩個兄弟。我剛才說過，他們都來不及趕回這兒來。」

「有人通知他們嗎？」

「一、兩個月前有人寫信告訴他們，彼得病倒的時候，他感覺自己時間不多了。你知道吧？他年紀這麼大，而喬治的女兒們，除了紅頭髮的瑪麗‧珍妮，都不能經常陪著他。

所以，他老是覺得寂寞，他想見哈維想瘋了，他也想見見威廉。他臨死前留下一封信給哈維，說那封信裡寫明了他藏錢的地方，又說他希望把別的財產留給喬治的女兒，讓她們過過好日子，因為喬治死後什麼也沒留下。」

「你猜哈維為什麼沒來呢？他住在什麼地方啊？」國王問。

「他住在英國，謝菲爾德，在那裡傳教，幾乎沒回過美國，而且，說不定他根本沒接到那封通知信。」

「太遺憾了，可憐的人啊！沒能活著和他的兄弟們見上一面，實在是太遺憾了。你說你要到紐奧良嗎？」

「是啊！下週三我還要搭船到里約熱內盧，我叔叔在那兒。」

「真是遙遠的旅程，不過一定很有趣，真希望我也能去。瑪麗．珍妮是最年長的嗎？其他幾個多大了？」

「瑪麗．珍妮十九，蘇珊十五，瓊娜十四——她是最倒楣的，有兔唇。」

就這樣，國王問這問那，基本上把年輕人知道的事情都問得一清二楚，對威爾克斯家裡的事簡直瞭若指掌。他還知道了彼得是開製皮廠的，喬治是開木匠鋪的，而哈維是一名牧師。

我們划到蒸汽輪船停泊的港口，年輕人上了船，可是國王根本沒提上船的事，所以我還是沒體驗到坐蒸汽輪船的享受。

蒸汽輪船開走後，國王叫我再往上游划一英里，找了一處沒人看見的地方上岸，他對我說：「你趕緊回去，把公爵帶到這兒來，還有記得帶上兩個手提

包。不管怎樣，叫他快點趕來，你快去吧！」

我把公爵帶來後，我們就把獨木舟藏了起來。然後，國王把那個年輕人說的事情，一字不差的說給公爵聽。最後他說：「不吉利華德，你扮那個又聾又啞的人行不行？」公爵說，他在戲臺上扮過聾子和啞巴，儘管放心。

第七章　假扮哈維．威爾克斯先生

大約下午三點左右，我們看見一艘大蒸汽輪船，國王和公爵朝它使勁的揮手叫嚷，然後我們全上了大船。這艘大船是從辛辛那提駛來的，船主聽我們說只要搭四、五英里到前面的村莊，氣得要死，說絕不讓我們下船，但是國王多給了點錢，就馬上擺平了。當我們接近村莊時，船主還用一艘小船送我們上岸。

岸上有二十多個人在等著，一看見小船就全部湧至岸邊。國王說：「你們有誰能告訴我，彼得．威爾克斯先生住在什麼地方嗎？」他們彼此對望一眼，又點了點頭，隨後他們當中的一個人很和氣的說：「先生，我們只能很遺憾的告訴你，昨天晚上他在什麼地方。」一瞬間，國王似乎有些站立不穩，下一秒就全身軟趴趴的撲倒在地，雙手捂著臉痛哭了起來：「老天爺啊！我那可憐的兄弟就這樣走了，我們竟然連最後一面都沒見到，你怎麼能這麼殘忍呢？」然後他轉過身來，一面不停的哭著，一面使勁的跟公爵打手勢，於是公爵把手裡提

著的兩個手提包往地上一扔，也拼命哭了起來。這兩個騙子，真是我見過最混蛋的傢伙！

人們紛紛圍上來，表示深深的同情，不停的說些安慰的話，還提起兩人的手提包，帶我們往山上走。一路上，他們讓這兩個傢伙靠在自己的肩上哭，並且說著彼得臨終前的一些情形。國王就打出各種各樣的手勢，轉述給公爵了解。我發誓我以前還真沒見過這麼不要臉的人。

不到兩分鐘，消息已經傳遍整個村莊，人們從四面八方飛奔而來，有些人甚至邊穿衣服邊跑過來，我們立刻就成了群眾簇擁的焦點。人們不斷趕來的腳步聲就像軍隊拔營時的聲音，道路兩旁家家戶戶的門口和窗戶不時有人探出頭來，紛紛問道：「是他們嗎？」而人群中就會有人回答：「肯定是他們！」

當我們到達彼得家的時候，三個女孩已經站在門口迎接。瑪麗．珍妮的確是一個紅頭髮的小姐，漂亮極了！她看到叔叔們的到來，是那麼高興，臉上、眼睛裡都閃著愉悅的光芒。國王張開雙臂，瑪麗．珍妮奔向他的懷抱，那個兔

脣妹妹則奔向公爵。他們終於見上面了，看到他們歷盡千辛萬苦的團聚，村民們都很高興，婦女們尤其激動得熱淚盈眶。之後，國王表情悲痛的跟大家說了幾句話，大意是他可憐的兄弟死了，他們從四千英里外大老遠趕來，卻沒見到最後一面，實在很傷心。他還提到村裡一些人和狗的名字，打聽他們的近況——他說的這些事情全是從那個老實的年輕人那裡聽來的。國王說他們很希望，與威爾克斯家最要好的幾位朋友，能留下來一起吃晚飯，並幫忙料理後事。

瑪麗．珍妮把她父親臨死前留下的那封信拿了出來，國王接過信大聲的念出來，一邊念一邊哭得很傷心。那封信說，要把這棟房子和三千個金幣留給三姐妹，把生意不錯的製皮廠和價值七千元的其他房子和地產，以及三千個金幣都給哈維和威廉，而且說他把六千個金幣都藏在地窖裡。於是這兩個騙子就說要去把那筆錢拿出來，公平的處理。

他們叫我拿支蠟燭跟著去，我們進入地窖後就把門關上，找到那一袋錢——全是亮晃晃的金幣，看了可真叫人眼紅。國王的眼睛直發亮，他在公爵肩膀上拍了一下，說：「還有比這更好的好事嗎？不吉利華德，這應該比《皇家寵物》那玩意兒強吧？是不是？」公爵說的的確不錯。他們把金幣抓在手裡，再讓它們從指縫間滑到地上，叮叮噹噹一陣響。國王說：「光說空話沒用，不吉利華德，說到冒充繼承人我們太拿手了！」

看到這麼一大堆錢，我想誰都會心花怒放的相信數目就那麼多，但是他們卻要數一數才放心，結果發現少了四百一十五個金幣。「真是混蛋！不知道彼得把那四百一十五個金幣拿去哪裡了？」

他們為這件事著急了好一會兒，並且到處翻找不見的金幣。公爵說：「唉，可能他病糊塗了，弄錯數目。但也無所謂，少這幾個錢我們也不在乎。」

「廢話，我們是不在乎，但是你知道，若要我們表現得公道、公正，就得把這些錢扛上去，當眾點清數目。可是偏偏這死人說有六千個金幣，現在就算

少一、兩個，都會讓人起疑。」

「別說了！」「我們把錢湊足吧！」公爵說：「我們把錢湊足了六千個金幣，一個不少。他和國王分別掏起腰包，差不多把腰包都掏空了，才總算湊足了六千個金幣，一個不少。

我們扛著金幣回到樓上，所有人都圍了過來，國王當眾把錢數清，隨後又發表了一番合情合理的話，大意是他們兄弟願意把這六千個金幣全交給三姐妹，公爵也比手畫腳了一陣，表示自己也同意。三姐妹高興的又摟又抱國王和公爵，我還從來沒見過那種親近熱絡的樣子。

「你們真是大好人，你們怎麼那麼好呢！」瑪麗．珍妮提起那一袋錢，放在國王手裡，說：「請你把這六千個金幣拿去，幫我們姐妹做點生意，你愛怎麼用就怎麼用，也不用開收據給我們了。」然後，她摟著國王，另外兩姐妹也摟著公爵，大夥兒都為他們鼓掌叫好。國王把頭抬得高高的，得意的笑了。

後來，大家都走了，國王問瑪麗．珍妮有沒有多餘的房間，她說有一個空房間，可以給威廉叔叔住，而自己的臥室比較大，可以讓給他住，她跟妹妹們

睡同一間，而我就睡在小閣樓裡。

那天晚上，我們擺了一桌宴席，男男女女，大家坐在一塊兒吃，我站在國王和公爵身後，侍候他們。等所有人都吃完了，我和三姐妹中的那個兔唇妹妹才在廚房裡吃點殘羹剩飯，兔唇妹妹一個勁兒問我英國的事情，有時候我都感覺快招架不住，快被她問出破綻了。

她說：「你見過國王嗎？」

「誰？威廉四世嗎？啊，我當然見過，他去過我們的教堂。」我知道他幾年前死了，不過我沒有告訴她這一點。

「我還以為他住在倫敦呢！」

「嗯，是的，他不住在倫敦住哪兒呀？」

「可是你不是說，你住在謝菲爾德嗎？」

我只好假裝被雞骨頭卡住喉嚨，拖延時間好想出如何圓謊：「我的意思是，夏天他來謝菲爾德洗海水浴的時候，每個

星期都去我們的教堂。」

「但你之前不是說謝菲爾德不靠海？」

「誰說非得到海邊才能洗海水浴，在謝菲爾德的宮殿裡有鍋爐，在海邊缺少這樣方便的條件，所以國王是在謝菲爾德的宮殿裡洗海水浴。」

隨後她又問：「你也去教堂嗎？」

「是啊，每星期都去。」

「你坐在哪兒？」

「坐在我們的座位上啊！」

「誰的座位上？」

「當然是我跟你的——哈維叔叔的座位上。」

「他的座位？為什麼他需要一個座位呢？」

「當然是坐在座位上呀！」

「啊，我還以為他都站在布道講臺上呢！」

糟糕，我忘記這個哈維叔叔的身分是個牧師，又露了馬腳。所以我又假裝讓雞骨頭卡住嗓子，想了一想才說：「笑話！你以為教堂裡只有一個牧師嗎？」

「為什麼需要這麼多牧師？」

「在國王面前講道怎麼能只有一個牧師呢？總共有十七個呢！我從沒見過像你這樣的傻女孩。」

她狐疑的看著我，說：「說老實話，你是不是一直在對我撒謊啊？」

「我說的都是實話。」

「一句假話也沒有嗎？」

「一句假話也沒有，我從沒騙過你。」

「那你把手放在這本書上面發誓吧！」

我看了看，那只是一本字典，並不是聖經，於是我就放心的把手按在上面發誓，這次，她看起來稍微滿意了一

些，說道：「這樣還差不多，我相信有一部分應該是真的，但是其餘的，我打死也不相信。」

「你不相信什麼，瓊娜？」瑪麗·珍妮走了進來，蘇珊緊跟在她後面。「你怎麼用這樣的語氣跟客人說話，如果換做是你，你能忍受別人這樣對你嗎？」

「瑪麗姐姐，你老是這樣，我又沒讓人受什麼委屈，你就急著替人解圍。」

「他是我們家的客人，你得對他客氣禮貌一些。你應該將心比心，如果他對你說了這些話，你也會覺得很難為情吧？所以，你不應該對他說這些話。」

「瑪麗姐姐，他剛才說……」

「不管他說什麼，都沒關係，最重要的是，你得對他客客氣氣，別說些不順耳的話，免得讓他想起自己不在家鄉，也沒有親人作伴。」

我心想，她是這麼一位好心的人，我卻要眼睜睜的看著那兩個壞蛋搶走她的財產！

接著，蘇珊也插嘴罵了瓊娜一頓。

最後瓊娜向我道歉，她的道歉多麼真誠，讓人聽了心裡很舒服，我真恨不得再對她撒一千次謊，好讓她向我賠不是。

等瓊娜道歉完，她們三姐妹還一直想方設法要逗我開心，讓我覺得自己就像是他們的家人、朋友，也讓我心生愧疚，竟然做了那兩個壞蛋的幫凶，實在太壞、太沒羞恥心了；所以心裡就想，我拼了這條命也得把被他們騙去的錢拿回來才行。

趁著樓上的走道一片漆黑，我原本想溜進公爵的房間，找出那些金幣，可是我又想，按照國王的脾氣，大概不會讓別人保管這筆錢，因此我偷偷溜進了國王的房間，到處翻找那袋金幣。

就在這個時候，我聽見一些腳步聲愈來愈靠近，想趕緊鑽到床底下去，但是黑暗中看不到床在哪兒。幸好我摸到了一塊布簾，於是立刻跳到布簾後面，躲在瑪麗·珍妮的衣服裡，不聲不響的待在那兒。

他們進來後把門關上。

公爵說：「我看咱們沒有把錢藏好。」

國王說：「怎麼說？」

「因為瑪麗．珍妮不久後得穿喪服，她肯定會吩咐僕人來拿衣服，你想一個僕人看見這麼多金幣，會不順手拿幾個嗎？」

「你說的沒錯。」國王說完便走了過來，在那布簾下方摸了一陣，找到那袋金幣。他根本沒想到我就在他身邊。

他們拿起那袋金幣，翻開床墊底下的草墊，從一處裂口塞進去，再往裡面塞了一、兩英尺。他們肯定覺得萬無一失，因為僕人收拾床鋪的時候，只會整理床墊，並不會翻曬下面的草墊。

等他們下樓後又過了一陣子，我才把那袋金幣取了出來。然後我背著那袋金幣，溜回了我住的閣樓。可我心想，最好是把它藏到房子外，因為一旦他們發現金幣不見了，肯定會搜遍整棟房子。

第八章　金幣又回到了彼得手裡

天還未亮，我悄悄經過國王和公爵的門口，聽了一會兒，確認他們都鼾聲如雷的熟睡了，我才踮起腳尖往樓下走。我從餐廳門縫往裡面偷看了一眼，看見守靈的人全都在椅子上睡著了。然後我走到客廳——彼得的屍體就放在客廳裡，再一直走到門口，卻發現屋子的大門被鎖上了！更要命的是，我聽到有人下樓梯的聲音！

我急忙掃視四周，只見棺材是唯一能藏東西的地方。棺材並沒有完全蓋上，還留了大約一英尺寬的開口，我看到彼得的臉上蓋了一塊濕布，身上已經換成要下葬的衣服。我把那袋金幣放到棺蓋下面，恰好在彼得雙手交叉處再往下一點，他的雙手冰涼，嚇得我全身直發抖。然後我快速的溜出客廳，躲到了門後面。

來的人是瑪麗．珍妮，她躡手躡腳的走到棺材邊，彎腰看著棺材裡的人，

然後掏出手帕，儘管她背對著我，還是可以看出她在抹眼淚。我偷偷離開客廳，回到自己的房間。我自言自語道：「如果金幣能一直放在棺材裡也好，等我離開以後，可以寫信給瑪麗．珍妮，告訴她把棺材從墳地裡挖出來，就能拿到錢。」可是如果事情不順利，明天釘棺蓋時被人發現了，國王就很有可能重新拿回那袋金幣，之後若要再找機會下手就更不容易了。

早上，我下樓的時候，除了家裡的人，還有幾位彼得先生生前的好友之外，守靈的人都走了。我偷偷觀察了一下國王和公爵的臉色，並沒看出什麼異樣。

臨近中午時，幫忙處理喪事的人來了。他們把棺材擱在大廳中央的椅子上，然後把家裡以及向鄰居借來的椅子整齊的排放好，大廳、客廳及餐廳都被

椅子占滿了，而棺蓋打開的角度還是和昨天一樣。

儀式開始了，前排最靠近棺材的位置，坐著那兩個傢伙和三姐妹。儀式大約持續了一個半小時後，人們站起來排隊繞著棺材走一圈，低著頭瞻仰死者的遺容，有些人掉下了眼淚。

這個儀式大約又持續了半小時，終於，送葬的人拿著螺絲起子朝棺材走去，準備封棺了。我緊張得全身冒汗，死命盯著他的動作。他完全沒有遲疑，輕輕的把棺蓋推正，轉了轉螺絲起子，把棺蓋鎖緊了。可是我又發愁了，我根本不知道金幣是不是還在裡面，萬一有人神不知鬼不覺的把金幣拿走了，怎麼辦呢？如果我還寄信給瑪麗．珍妮，而她把棺材挖起來，卻什麼也沒找到，那她會怎麼看我呢？或者，我最好什麼都不說，也不寫信給她？唉！我是出於好意想做件好事，結果卻把事情搞得更糟，我真希望當初沒有管這件事！

他們安葬彼得之後回到家，我又仔細觀察每個人的表情——雖然我很想看出點什麼，但還是一無所獲。

第二天早上，天快亮的時候，國王和公爵跑上閣樓，把我搖醒後，國王問我：「你前天晚上去過我們房間，對嗎？」

「沒有啊！」

「你給我老實說！」

「我說的是實話啊！」

「那你有看見別人進去過嗎？」

「沒有，我不記得有誰進去過。」

「你給我好好回想！」

我假裝回想了一下，就說：「你這麼一說，我就想起來了，好像有幾個僕人進出過你的房間喔！」他們看起來都有點震驚，但是馬上又換成一副早就料到的神情。公爵說：「是什麼時候的事了？」

「是出殯那天早上，我看見他們踮著腳尖從房門口離開。我猜他們是想打掃房間，但是看見國王還沒睡醒，就趕快退出來，免得把你吵醒了！」

「哎呀！糟了！」國王抓著腦袋，看起來一臉倒楣相。我心裡暗暗竊喜，但還是裝作糊塗的樣子，小心翼翼的問了一句：「是不是發生什麼事了？」

國王突然對著我吼道：「關你屁事！別多管閒事！管好你自己吧！只要你還待在這個鎮上，就千萬給我記住這句話，聽見沒有？」隨後他轉身對公爵小聲的說：「這件事我們只能打落牙齒和血吞，絕不能聲張。」

過了一會兒，我起床下樓，經過三姐妹的房間時，看見房門是開著的，瑪麗．珍妮坐在一個舊箱子旁。我進去把房門關好後，對她說：「瑪麗小姐，你能找到一個離這裡不遠的地方待上兩天嗎？」

「羅斯魯普家。但是為什麼呢？」

「瑪麗小姐，你先別說話，聽我說。我把實話告訴你，你得有些勇氣才能聽下去。你的兩位叔叔，根本就不是你的親人，他們是騙子，十足的壞蛋！」

這話當然讓瑪麗大吃一驚，可是我知道她承受得住，就一個勁兒往下說了。先說我們遇到了那個老實的年輕人，最後說到她在大門口奔向國王懷裡的

情形，她聽到這兒，立刻跳起來，滿臉緋紅，像是太陽下山時的顏色。她說：「這兩個騙子！走！我們去把柏油塗在他們的臉上，再貼上雞毛，扔到河裡！」

我說：「當然！可還是要先請你去羅斯魯普家。」

「唉！」她說：「你看我這腦子！」她一邊說一邊坐下來，「希望你別介意，我剛才氣瘋了，都不知道自己在說什麼。」她把絲綢般柔滑的手指擱在我的手上，此情此景，叫我為她去死我也願意。

「我從來沒想過自己會那麼急躁。」她說：「好吧！繼續說下去，我不會再那麼激動了，請告訴我該怎麼做。」

「好的，」我說：「這兩個騙子可不好惹，雖然我不情願，但暫時必須跟他們和平共處才行，我先不告訴你為什麼。你要是現在揭穿他們，會牽涉到另外一個你不認識的人，而他恐怕就要遭殃了。唉！我們不能讓這個狀況發生，絕對不行，因此，我們現在還不能告發他們。」

說著這些話的時候，我突然想到一個好主意，可以讓自己和吉姆擺脫這兩

個傢伙，並且把他們關進牢裡。可是我不能在白天撐著木筏離開，要是被人看見還得解釋一番，所以只好等到今天深夜再行動。我說：「瑪麗小姐，我馬上告訴你我的計畫。對了，羅斯魯普家離我們這兒有多遠呢？」

「大概不到四英里。」

「很好，這樣的話，一切的問題就解決了。現在你馬上去羅斯魯普家，一直待到晚上九點或九點半，什麼話都不要說，然後請他們送你回家，只要說你突然想起一件事情忘記處理就好了。如果你在十一點之前到家，就在窗口點一根蠟燭。如果等到十一點，你都沒有見到我，那就表示我已經遠走高飛了，然後再請你出來告訴大家真相，揭穿騙子的謊言，把他們都關進牢裡去。」

「好。」瑪麗．珍妮說：「就按照你說的做吧！」

「如果事情不順利，我沒有脫身，還跟他們一起被抓了，你可得出來幫我作證，說我跟他們不是一夥的。一定要喔！」

「那當然沒問題，我絕對不會讓人動你一根手指頭的。」說這話的時候，我看到她的鼻翼微張，眼睛裡也閃閃發光。

「如果我真的走了，就不能在這裡證明這兩個傢伙不是你的親人了。如果到時候我還在這裡，也不能為你作證，我只能對大家發誓，說他們是騙子、是流氓，我能做的只有這樣而已。但是，如果能找到其他人，他們說的話應該會比我更有說服力。我告訴你該怎麼找到這些人，請你給我一支筆和一張紙。我寫在這兒了……」

《皇宗寵物》，布里克斯維爾。

「把這張紙收好，別弄丟了。一旦法院要調查這兩個騙子，就讓他們派人去布里克斯維爾，跟那個鎮上的人說，你們已經抓到演出《皇家寵物》的傢伙，要布里克斯維爾的人出庭作證。

到時候，全鎮的人一定都會跑來幫忙的，而且他們一定個個火冒三丈、怒氣衝天。」

隨後我又說：「還有——那一袋金幣。」

「唉！我只要一想到那些金幣落入他們手裡的經過，就恨自己實在太過糊塗了。」

「不對，金幣並不在他們手裡。」

「那是在哪裡？」

「我要是知道就好了。我本來已經從他們那兒偷出來，準備要還給你們姐妹。後來我把金幣藏在一個地方，可是我擔心現在恐怕不見了。我要藏金幣時情況緊急，只好順手塞進那個地方，不過那個地方——可真不是個好地方。」

「你別太自責了，我知道你也沒辦法。那你把金幣藏在哪裡了呢？」

我不想在瑪麗．珍妮小姐面前提起屍體的事情，因此很難說出口，過了一會兒，我才說：「瑪麗小姐，你要是能讓我暫時不說，我會寫在一張字條上，你在前往羅斯魯普家的路上再看吧！好嗎？」

「那也好。」

於是我就寫了幾句話：

> 我把它放在棺材裡。昨天夜裡你在那兒哭的時候，金幣就放在棺材裡。那時我躲在門後，為你感到十分難過。

我一想起昨天夜裡她一個人對著棺材哭泣，而兩個騙子不僅住她家、還騙她錢，我就忍不住濕了眼睛。

我把字條摺起來交給她的時候，看見她也快掉淚了。她用力的拉著我的手說：「再見！你跟我說的事情，我一定全部照辦。如果再也見不到你，我也會一輩子記得你，我一定會無時無刻為你祈禱。」

天哪！我敢打賭，如果她知道我是個什麼樣的人，還是會為我祈禱的。她就是這種人，一旦打定主意，絕對不會改變念頭的。她是我見過最勇敢、最善良、最美麗的女孩了。後來，我經常想起她，想起她說要為我祈禱的話。

第九章 真假哈維的對峙

村民們帶來了一位穿著體面的老先生，以及另一名看起來體面、但是右手臂吊著繃帶的中年人。人們吼叫和嘲笑的聲音此起彼落，不過我並不覺得這事兒有這麼簡單，如果國王和公爵看到這兩人，說不定會被嚇得臉色發白。沒想到，公爵一點兒都沒被嚇到，而國王則盯著剛來的兩個人，一副為他們難過的樣子，好像那兩人才是騙子和壞蛋似的。他裝得可真像啊！村裡許多有身分的人都往國王靠近，似乎是想讓國王知道他們是站在他這邊的。

剛到的老先生說起話時，我馬上就聽出他的確帶有英國人的口音——不像國王那樣，雖然國王也算模仿得維妙維肖。我背不出那位老先生說過的話，也學不會那種口音，不過他當時對著那一群人，好像是這麼說的：「這事情真叫我大吃一驚，我做夢都想不到會這樣。我和我的兄弟在路上出了點事，他摔斷了自己的手臂；我們的行李因為昨天晚上天太黑，被船員卸在上游的一個小鎮

上了。我是彼得·威爾克斯的兄弟哈維，而這位是他的兄弟威廉，他又聾又啞，連手語都不太會，現在也只剩一隻手可用了。至於我說的是不是實話，只要再等一、兩天，等行李運到，我們就能夠拿出證據來證明自己了。在這之前，我不想再多說什麼。我們會在旅館裡等著。」

於是他就和那個聾啞人走了，國王大笑，然後又開始胡扯：「摔斷手臂很可能只是藉口，這個藉口很方便，不是嗎？聾啞人一定得學會手語，但是他恰好不會。丟了行李？多巧啊！能想出這個主意真是妙極了，尤其是在這種情形下。」

接著他又大笑，旁邊的人也跟著笑，只有三、四個人沒笑。其中一個是醫生，還有一個是目光銳利、手裡提著手提包的先生。他剛下了蒸汽輪船過來，正低聲跟醫生說著話，他們相互點頭，還不時用眼睛瞟一下國王。這個人是勒維·貝爾律師，剛從上游的路易斯維爾

回來。還有另外一個人，是剛走過來的高壯漢子，他認真的聽完老先生說的話，也聽了國王說的話，國王的話音剛落，這位大漢就說：「喂！讓我說一句，如果你是哈維．威爾克斯，那麼你是什麼時候來到鎮上的？」

「下葬的前一天。」國王說。

「是在那一天的什麼時候？」

「傍晚的時候，太陽下山前一、兩個小時。」

「那你是如何到這裡的？」

「我是搭從辛辛那提駛來的那班輪船來的。」

「好的，那你那天早上為什麼要坐著獨木舟到上游那個碼頭去呢？」

「那天早上我根本沒去那個碼頭啊！」

「你撒謊！」

有幾個人衝過來，要求大漢別對一個當牧師的老人家這麼說話。

「什麼牧師？他是一個謊話連篇、徹頭徹尾的騙子！他那天早上就在那個

碼頭，我住在那兒，我會不清楚嗎？我親眼看見他和丁．柯靈斯，還有一個孩子，划著獨木舟過來的。」

醫生站了出來，說：「如果你看到那個孩子，還能認出來麼，海因斯？」

「可以。啊！他就在那邊，我看的清清楚楚，不會有錯的。」他指向我。

醫生說：「鄉親們，新來的那兩個人是不是騙子，我不清楚，可是如果這兩個人不是騙子，那我就是傻瓜了。坦白說，在把這件事調查清楚之前，我們應該有點警覺，別讓他們跑了。來吧！海因斯，來吧！鄉親們，先把這兩個傢伙帶到旅館去，和剛才那兩個人對質，就算沒有找出答案，至少也能看出點眉目來。」

大家覺得很有道理，於是馬上動身。那時候，太陽快下山了，醫生拉著我的手走，他雖然看起來很和氣，可是抓著我的手絕不會放鬆的。

我們到了旅館的一個大房間，又把公爵和新來的那兩個人找來，並且點上幾支蠟燭，醫生首先開口，說：「我也不願意和這兩人過不去，可是我覺得他

們很可能是騙子，而且，說不定他們還有同黨。如果有，那些同黨會不會趁機，把彼得．威爾克斯留下來的那一袋金幣拿走呢？這不是不可能的事情。如果這兩人不是騙子的話，他們就會把那袋金幣拿出來，暫時由大家保管，等他們證明了自己的身分之後，再還給他們。你們說，對不對？」大家都贊成。

可是國王卻愁眉苦臉的說：「各位，我也很希望那些金幣還在，我也絕不打算阻撓你們調查這件事，糟糕的是，那袋金幣不見了，你們儘管派人去查。」

「你把那袋金幣放在哪兒了？」

「我侄女把它交給我，要我替她保管之後，我就塞到我床鋪的草墊裡面。因為我們只打算在這兒待幾天，就沒有把錢存到銀行裡。我們也不了解這裡的僕人，本以為他們都是老實人，像我們英國那些傭人一樣，可是沒想到，第二天早上，那些黑人就趁我下樓的時候，把金幣偷走了。」

醫生和另外幾個人說：「胡說八道！」

我想在場沒有一個人相信他說的話，有人問我是否親眼看見黑奴偷了那袋

金幣，我說沒有，但是我看見他們躡手躡腳的從臥室裡溜出來，當時我並沒有起疑，以為他們只是怕吵醒主人，想在他們醒來之前溜掉。

突然，那醫生問我：「你也是英國人嗎？」

我說是的，他和另外幾個人就哈哈大笑說：「絕不可能！」

然後他們開始詳細的調查，鉅細靡遺的問東問西，時間一分一秒過去，也沒有人提起吃晚飯的事情，可能大家都忘了。他們就這樣持續盤問，看來是決心要打破沙鍋問到底了。

他們要國王講講他的事，又要老先生講講他的經歷，兩相比較，大家都聽得明明白白了。老先生講的是真話，但是國王是在扯謊。當然，一些有偏見的傢伙可能並不這麼想。接著，他們又要我把知道的事情講出來，國王悄悄給我使了眼色。我從我們在謝菲爾德的生活開始，一直講到英國威爾克斯家族的一切。不過，我還沒講多久，醫生就哈哈大笑，勒維．貝爾律師也開口說：「坐下吧！孩子，如果我是你，絕對不會讓自己看起來那麼緊張。我敢打賭你不是

習慣撒謊的人，你還需要練習練習。你的話聽起來太彆扭了！」

醫生說：「勒維．貝爾……」這時國王伸出手，插話道：「啊！這就是我那可憐的哥哥在信上常常提到的老朋友吧？」

律師和他握了手，然後微微一笑，看上去好像很高興的樣子，他們談了好一會兒，然後又到一旁低聲交談，最後，律師說：「那就這樣定了，我將接受你的委託，把你和你兄弟的訴訟狀呈交給法院。」他們找來紙和筆，國王坐下來，把腦袋歪到一邊，咬了咬舌頭，在紙上潦草寫了幾行字，隨後把筆遞給公爵。公爵看起來不太舒服，不過他還是接過筆寫了一些話。

然後律師轉過身，對新來的老先生說：「請你也寫上要說的話，並且簽上名字。」

老先生寫完了，但是他的字跡卻亂得讓人無法辨認，律師表現出吃驚的樣子說：「啊！這可真為難我了。」他從口袋裡掏出一大堆舊的信件，並且說：

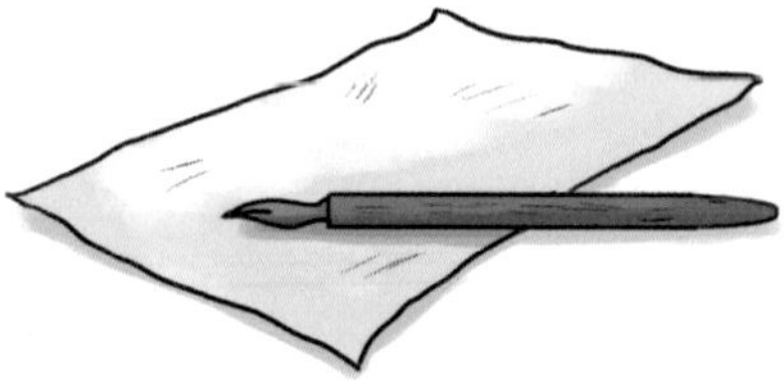

「這些舊信是哈維．威爾克斯寄來的，這麼一來，就能知道誰是哈維．威爾克斯了。」律師拿著剛才紙上的筆跡，和這些信件相互比對。

「我想大家一眼就能看出來，這些信並非出自那位老先生的手，他那些胡亂塗鴉的東西，根本就稱不上文字。所以，我想我手上的這些信是來自……」

那位老先生插嘴道：「請容許我解釋一下，除了我這弟弟之外，沒有人能辨認出我寫的東西，所以你們手上的那些信都是他幫我謄寫，不是我親筆寫的。」

「啊，原來如此！」律師說：「那如果讓他寫幾行字，我們就能進行筆跡比對了。」

「他不會用左手寫字，又摔斷了右手。」老先生說：「如果他現在能用右手寫字，你就能看出他寫的字和那些信件上的字是一樣的。」

律師說：「我原以為馬上就能得到解決問題的線索，現在看來是落空了。可是不管怎麼樣，至少證明了這兩個傢伙不是威爾克斯家的人，他們的筆跡跟信上的完全不一樣。」他邊說邊對國王和公爵搖頭。

可是，這個頑固的老傢伙竟然還不肯放棄。他狡辯說這種測試不公平，還說他的威廉兄弟是世界上最愛開玩笑的人，當他看到威廉用筆在紙上寫字的時候，就知道他要跟大家開玩笑。他越說越投入，喋喋不休的胡謅，突然，那位老先生打斷他的話，說：「我剛想到一件事，這裡有沒有人幫忙裝殮我哥哥？」

「有。」有人說：「阿布．特納和我，我們兩人現在都在這兒。」

然後，那位老先生又轉身對國王說：「或許這位先生可以告訴大家，彼得的胸膛上有什麼樣的紋身吧？」

天哪！這個猝不及防的問題，如果國王無法馬上回答，那他的謊言就會被揭穿。他怎麼可能知道彼得身上的紋身呢？國王的臉色有點發白，根本掩飾不了，這時，全場一片安靜，大家往前傾身，死命盯著國王。

我心裡想，這個老傢伙總可以棄械投降了吧？再狡辯也沒有意義了。可是，他竟然沒有放棄！我猜他是想繼續混淆視聽，直到這些人都暈頭轉向，他和公爵就可以趁機逃之夭夭了。國王笑著說：「你們以為這個問題能難倒我

嗎？我現在就告訴你們，他胸口上有什麼紋身。他胸口上，刺著一支藍色的箭，細細小小的如果不仔細看，根本不會注意到。現在，你還有什麼話說，嗯？」

啊！真是死皮賴臉的傢伙！

那位老先生的眼睛裡露出閃光，語氣輕快的說：「各位，大家都聽到他說的話了！特納先生，請問你有在彼得的胸口上，看到他剛才說的圖樣嗎？」

阿布．特納和另一人說：「沒有！」

老先生說：「很好，那你們在他胸口上看到的，應該是小小的字母，分別是**P**、**B**和**W**，這三個字母中間有破折號，所以應該是**P—B—W**，」他一邊說，一邊寫了下來，「看看，這是不是你們看到的那個紋身呢？」

兩人說：「不，我們沒有看到，我們在他胸口上根本就沒有看到什麼紋身。」

這時候，大家都有點激動了，嚷嚷著：「他們全是騙子，把他們抬去遊街示眾！把他們拖到河裡淹死！」人群中爆出一陣又一陣咆哮。律師跳上桌子，大聲喊道：「先生們！先生們！請聽我一句話，請安靜一下，我們還有一個辦法，那就是把屍體挖出來，再仔細看一看。」

大家都同意這個辦法。「對呀！」大家又鼓噪起來，馬上就想動身，可是律師和醫生卻說：「等一等！帶著這四個人，還有那孩子，把他也帶著。」

「我們會的！」他們叫嚷著：「如果我們沒有看到紋身，就要讓這幾個騙子、壞蛋付出代價！」這下我可嚇壞了，但是又無路可逃。他們把我們都牢牢逮住，押著我們往前走，一路往墓地衝去。墓地在距離大河一英里半的地方。這件事情鬧得這麼大，驚動了全鎮的人跟著前往墓地，那時才晚上九點鐘。

路過威爾克斯家的時候，我心裡真後悔，實在不該叫瑪麗·珍妮離開的，不然，這個時候我就可以向她呼救，讓她證明我的清白，並且揭露這兩個騙子的罪行。

第十章　金幣救了我們一命

一大幫人前呼後擁，又吼又叫的沿著大河向墓地前進。此時，天色越來越暗，閃電此起彼落，樹葉被風吹得簌簌作響。這是我人生中遇過最危險的事情，我被嚇傻了，這跟我當初想的可完全不一樣！我原本還以為自己可以置身事外，站在一旁看笑話，反正在情況緊急的時候，瑪麗．珍妮小姐就會出來證明我的清白。沒想到，我的命運竟然要交由那個紋身來決定！如果他們找不到那個紋身的話，我實在不敢想像會有什麼後果！

天色變得更黑了，這是從人群中溜走的最佳時機，可是那個彪形大漢海因斯死命的拽著我的手腕，根本沒辦法從他手中逃走。他看起來異常亢奮，一路上拖著我往前走，我得一路小跑才跟得上他的腳步。

大夥兒像洪水一樣湧進墓地。等他們來到彼得的墓前，才發現沒有人帶提燈，只好借著閃電的光開挖，同時也派人去一戶離這兒半英里遠的人家借提燈。

他們拿著鐵鏟開挖，天空像倒扣的鍋蓋，黑糊糊一片，並且開始下雨了，風呼呼的吹過，伴隨著越來越頻繁的閃電，雷聲也隆隆作響。但是大家都顧不得風雨雷電，所有人全神貫注的挖著。在閃電落下的剎那，可以看清人群裡每個人的臉，也可以看見鐵鏟把泥巴從墓地裡一堆一堆的挖上來。閃電消失的瞬間，一切又被黑暗吞沒，什麼都看不見了。

最後，他們終於把棺材抬上來，轉開螺絲釘，打開棺蓋。大家急著揭開謎底，全都拼命往前鑽，你擠我，我推你的。這種情形實在少見，而且天那麼黑，風雨雷電交加，實在叫人害怕。海因斯用力的拽著我的手腕，讓我痛得要命。他興奮極了，喘著粗氣，我猜他早就把我的存在忘得一乾二淨了。

突然間，一道閃電從天而降，這時，有人驚聲尖叫：「哎呀！我的天哪！那袋金幣在他的胸口

上！」海因斯也和別人一樣大吃一驚，同時鬆開了我的手，拼命往前擠，想去看個究竟，我便趁機一溜煙跑到伸手不見五指的大路上。

路上只有我一個人，我拼命往前飛奔。閃電不時砸下，還有那嘩嘩大雨、呼呼的風、轟隆隆的雷電，我不是在奔跑，我簡直是在路上被吹著往前飛。

等我回到鎮上，發現這大風大雨裡，大街上沒有任何人。我直接從大街上狂奔，快抵達威爾克斯的房子時，我沒有看見蠟燭的亮光，整棟房子漆黑一片。我難過極了，也很失望，雖然我不知道為什麼會有這樣的感覺。就在我跑過房子前面時，瑪麗·珍妮小姐的房間裡突然閃現一道光，我的心猛跳了一下，好像要撞碎似的。但是，才一眨眼的工夫，那房子和燭光已被我甩在身後，消失在一片黑暗之中。從今往後，瑪麗·珍妮小姐再也不曾出現在我面前。她確確實實是我遇過最好、也是最勇敢的女孩了。

等我跑到離小鎮夠遠的地方，我就開始四處搜尋獨木舟。借著閃電的亮光，我看到一艘沒有被鎖上鏈條的小船，便立刻跳了上去。小沙洲離河岸很遠，

可是我一點也不敢耽誤時間，只能死命的划著船。終於，我划到木筏那兒了！我簡直累得要命，可是我連一口氣也不敢歇，一跳上木筏就大叫：「吉姆！快起來，解開木筏！謝天謝地，我總算把他們甩開了！」

吉姆看到我回來了，高興得像孩子似的，他張開雙臂朝我撲過來。我也因為擺脫了國王和公爵，覺得很高興，可是我說：「等吃早餐時，我再告訴你這幾天發生的事，現在我們得趕快離開。吉姆，解開木筏，順著大河漂下去吧！」

兩秒鐘後，我們的木筏就朝著下游漂去。能夠自由自在的在大河上漂流，沒有那麼多煩人的事情，這感覺可真暢快。太美好了！我忍不住高興的活蹦亂跳，腳後跟把木筏踩得啪啪響。可是才過了一會兒，我就聽到熟悉的聲音。我立刻噤聲，屏息凝氣的聽著。閃電劃過，照亮整個河面，我可以肯定，是他們來了，國王和公爵，他們正使勁的撐船，惡狠狠的大吼，往這邊來了。

我腳底一軟，一下子癱坐在船板上。我澈底放棄了。現在能做的，只有盡量忍住不要讓自己哭出來了。

國王和公爵跳上木筏，國王抓住我的衣領，使勁搖晃著我，說：「你是想把我們給甩掉吧？臭小子！不想和我們做伴了，啊？」

「不是的！我不是這樣想的，你別生氣。」

「那你究竟想怎麼樣，啊，快說！不然我把你的五臟六腑全晃出來！」

「我會老實告訴你的。剛才那個看守我的人對我特別好，一直跟我說，他去年去世的孩子，跟我差不多大，所以他不忍心讓我待在那麼危險的地方。後來發現金幣，他趁著大家往前擠的時候，偷偷放開我的手，叫我快跑，不然我就得上絞刑台了。聽了他的話我就趕緊跑了，因為擔心他們會追來，把我抓去處刑。所以我不停的奔跑，找到小船也拼命划，一爬上木筏，就叫吉姆趕緊鬆開繩子離開，雖然擔心你和公爵的安危，但是又以為你們已經被他們殺了，所以我很難過，吉姆也很難過。如今看到你們平安回來，我真的很高興。不信的話，你問吉姆。」

吉姆說的確是這樣的，國王叫他閉嘴。他說：「哦，好吧！這也有可能。」

可他還是一個勁兒的搖晃我，又說應該把我淹死才對。

這時，公爵說：「你這個老傢伙，把孩子放下！你難道比他好嗎？你逃跑的時候，也壓根兒沒想到我。」國王訕訕的放下我，轉而開始罵那村子的人。

公爵又譏諷道：「你還不如把自己臭罵一頓吧！你從頭到尾就沒做過一件有腦子的事情，只有後來厚著臉皮，說那裡有一個藍色箭頭的紋身，救了我們一命。還有那袋金幣也起了作用，如果那些驚訝的傻瓜沒有放開我們的手，跑去看金幣的話，估計我們今晚都得被套上絞索！」

好一陣子都沒人出聲，突然，國王心不在焉的說：「哼！我們還以為是被黑奴偷走的呢！」這話說得我膽戰心驚。「是呀……我……們……是這麼想的。」公爵刻意一字一句的說，還帶有幾分挖苦的口氣。

過了半分鐘，國王才慢騰騰的說：「至少我是這麼想的。」

公爵也慢騰騰的說：「但我可不是那麼想的。」

國王有點兒發火了：「嘿！不吉利華德！你到底什麼意思啊！」

公爵也惱了：「既然你問到了，也許你可以說說看，你又是什麼意思呢？」

「呸！我哪知道！」國王挖苦道：「也許你是在夢遊，不記得拿了那袋金幣了吧？」

這下公爵大發脾氣了，他說：「啊！你才別再裝蒜了，你當我是傻瓜呀？你以為我不知道是誰把這些金幣藏到棺材裡去的嗎？」

「是呀！你知道那是誰幹的，因為那就是你自己啊！」

「放屁！」公爵馬上撲過去揪住國王。

國王大聲喊叫：「鬆手！鬆手！別掐我的脖子呀！就當我什麼都沒說！」

公爵說：「要讓我鬆手，你得先承認是你把那些金幣藏在棺材裡，打算哪天甩開我之後，再自己挖出來獨吞。」

「你先別急，公爵，你要是沒有把金幣藏在那兒，你只要說一聲，我一定相信你，並且收回我剛才說的話。」

「你這老混蛋，那不是我幹的，我還要給你點顏色瞧瞧！」

「得啦！得啦！我相信你，但我還是要再問一次，你是不是曾經打算把那袋金幣偷走，先把它藏起來？」

公爵沉默了一會兒才說：「我是不是打算過，根本不重要，反正我沒偷就是了。但你不只心裡打著主意，還真的動手了。」

「我發誓，我要是偷了金幣，就不得好死。說實話，我的確起過心眼，可是你……不，我是說別人，搶先下手了。」

「放屁！明明是你幹的！你非得承認是你偷的，不然我就……」公爵手上加了力道。國王的嗓子「喀啦喀啦」作響，然後他「呼哧呼哧」喘著粗氣說：「饒命啊——我認了！」

聽見他這麼說，我心裡才覺得安穩。只見公爵放手，說：「你要是再不認帳，我就淹死你。你現在哭得像個小娃兒，也好啦——你幹了這麼不要臉的事情，哭一哭也是應該的。我這輩子還沒見過你這樣狠心的老壞蛋，居然想獨吞金幣。我還一直相信你，把你當自己的父親看待哪！而且你還滿不在乎的嫁禍

到可憐的黑奴頭上，一點都不知道羞恥。我竟然傻到相信了你的胡話。你這該死的東西，我現在才知道你為什麼要湊足那些金幣，因為你想把我在《皇家寵物》和別處賺來的錢通通一起撈走！」

國王還在那裡哭著說：「可是，公爵，當時是你說要把缺少的金幣數目湊足的，又不是我說的。」

「放屁！我不想再聽你胡說八道。」公爵說：「你看現在遭到報應了吧？他們連我們的錢也拿走了。快去睡你的吧！看你往後還敢不敢算計我。」

之後，國王拿起酒瓶，大口大口的把酒灌下肚，過了一會兒，公爵也喝開了。只過了半個鐘頭，他們又變回哥倆好，親親熱熱的，喝得越醉，越是親熱，後來他們就摟在一塊兒，打起呼嚕，睡著了。看他們睡熟後，我就跟吉姆嘮嘮叨叨半天，把所有經過的事情都告訴了吉姆。

第十一章　吉姆被偷偷賣掉了

我們順著大河一路往下游漂流，再也不敢往哪個鎮上靠岸，連趕了好幾天後，我們來到氣候溫暖的南方，離那村莊已經非常遠，那兩個騙子認為已經脫離危險，便又重操舊業，去附近的小鎮行騙。

一開始，國王和公爵辦了一場戒酒演說，不過賺來的錢還不夠他們自己買酒喝。後來，他們又在另一個小鎮開了舞蹈課程，不過他們跳起舞來跟袋鼠差不多，所以沒多久，就被鎮民轟出小鎮。還有一次，他們教人朗誦，結果底下的聽眾把他們狠狠痛罵一頓，他們只好逃之夭夭。

之後，國王和公爵還試過傳教、講道、行醫、算命，但是都沒有得到幸運女神的眷顧。他們躺在木筏上，就這樣隨著大河漂流，一言不發，看起來非常沮喪和絕望。

不過，後來，他們又變了。兩人在木筏帳篷裡交頭接耳，有時候一談就是

兩、三個小時。吉姆和我都有點不安，我們不喜歡這種感覺。我們猜，他們一定是在盤算著什麼更惡劣的事情，比如：闖進某戶人家搶劫，或是去商店偷竊，或是印假鈔什麼的。我們擔憂極了，不想跟他們蹚這渾水。我們打定主意，只要一有機會，就甩掉他們！

一天清早，我們在距離比克斯維爾這個破落的村子下游兩英里處，找到一個安全的地方把木筏藏起來。國王自己上岸，並吩咐我們躲藏起來，他到小鎮上去看看情況，向人打探消息。他說要是到了中午他還沒回來，那就表示平安無事，我和公爵可以前去會合。

過了中午，還不見國王回來，我和公爵就往鎮上走去，一邊走一邊找他。找了一會兒，後來在一個破爛小酒館後面的一個小房子裡找到他，他喝得醉醺醺的，有些地痞流氓在欺負他，他也拼命回嘴咒罵、嚇唬人，可是他醉得連路都走不動了。公爵罵他是個老糊塗，國王也回嘴罵他。見他們罵得起勁時，我便溜出來，拔腿狂奔，像一頭鹿似的，順著河邊的大路往下飛奔。我知道機會

來了，國王和公爵再也別想找到我和吉姆。我跑到藏木筏的地方時，已經上氣不接下氣，斷斷續續的大喊：「把木筏解開吧！吉姆！我們自由啦！」

可是沒有人應聲，也沒有人從帳篷裡鑽出來。**吉姆不見了！**

我用力大喊「吉姆」，又喊了一聲，然後跑進樹林裡去找，東奔西跑，邊找邊喊，可是都沒用——老吉姆真的不見了！

我忍不住坐下來大哭。可是我不能坐著不動，啥事也不做。所以，我走到大路上去，心裡不斷琢磨著該怎麼辦才好。過了一會兒，我遇上一個小孩，問他有沒有看到一個黑人，他說：「見過啊！」

「他往哪裡去了？」我問。

「大人們抓到一個逃跑的黑奴，就把他帶到塞拉斯．菲爾普斯家去了。」

「是誰抓住他的？」

「是個老頭兒，從外地來的，人家懸賞兩百

塊錢，可他只要了四十塊，就把那個黑人賣給別人。因為他急著要去大河上游，不能多等。」

我明白了！是國王和公爵聯手演了這齣好戲，他們偷偷把吉姆賣掉了！

我跑回木筏上，在帳篷裡坐下思考，可是想不出什麼好主意，想得頭都痛了。跑了這麼遠的路，一路上又伺候著那兩個混蛋，他們竟然這麼狠毒，用卑鄙的手段賣掉吉姆，害他流落異鄉，還得一輩子作奴隸，就只為了四十塊臭錢。

我苦惱的要命，後來總算想出一個主意——寫信。我拿出紙和筆，寫道：

> 華森小姐，你那個逃跑的黑奴吉姆跑到大河下游來了。他在比克斯維爾的菲爾普斯先生家，你要是派人帶著賞金來要人，他會把吉姆還給你的。
>
> 哈克・費恩

我把這封信拿在手上，心裡卻有點為難，我知道我得做出選擇，而且永遠

不能後悔。我猶豫了很久，終於下定決心，說：「好吧！下地獄就下地獄吧！」我把信紙撕碎。隨後，我便撐起木槳，划著木筏來到下游一個叢林茂密的小島，把木筏藏進樹叢，接著倒頭就睡。

菲爾普斯家有個小小的棉花田，就像南方許多的農場一樣，另外還有一座兩英畝的院子，用一道木柵欄圍著。我繞著柵欄走了一小段，發現一個用木樁排成的階梯，可以讓人踩著越過柵欄。

我飛快的翻過柵欄，朝房子走去。有一個黑人女人從廚房跑出來，後面跟著一個黑人女孩和兩個黑人男孩。三個孩子都揪住媽媽的衣服，從背後偷偷望著我，很害羞的樣子。這時，一個白人女人從屋子跑出來，大約四十五歲或五十歲，手裡拿著紡錘，後面也跟著一群白人孩子。看見我，她滿臉笑容，高興得不得了，她說：

「是你嗎？終於來了！」

我來不及細想便脫口而出：「是呀！」

她用力的抱住我，左看右看的觀察我，嘴裡說道：「我還以為你長得很像你媽媽，實際上卻一點也不像！不過我不管那麼多啦！見到你可真高興。孩子們，這是你們的湯姆表哥，快叫表哥。」

可是孩子們都低著頭，躲到她身後去了。她又喊道：「莉莎，快，馬上做一份熱騰騰的早餐。不過，你在船上吃過了嗎？」

我說：「我在船上吃過了，太太。」

「不要叫我太太，叫我薩利阿姨。你姨丈去鎮上接你了，你沒碰見嗎？」

「沒有，薩利阿姨，我沒碰見。」

「你把行李給誰了？」

「誰也沒給。」

「小傻瓜，那會給人偷走的。」

「我有好好的藏起來，不會給人偷走。」

隨後，她把我帶到房裡，又問些話。突然，她一把揪住我，把我推到床後，說：「他回來了！你把頭低下去一點兒，可千萬別出聲，別讓他知道你來了，我要給他一個驚喜。」

我知道就要穿幫了，可是也沒有辦法，只好聽天由命。

那位先生進來後，我才瞄到他一眼，菲爾普斯太太就把我的頭往下按，然後，我的視線就被床鋪擋住了。

菲爾普斯太太往他跑去，問：「他來了嗎？」

「沒有。」她的丈夫說。

「老天啊！」她說：「到底出了什麼事？」

「我不知道，」先生說：「說實話，我很擔心。」

「嘿！塞拉斯，你看外面是不是有人來了？」

他跑到窗戶邊，而菲爾普斯太太則拽了我一把，我不得不又站了起來。菲

爾普斯先生從窗邊轉過身來，就看見我呆頭呆腦的站在那兒。他瞪大眼睛看著我，問道：「這是誰？」

「你猜是誰？就是湯姆．索耶啊！」

那位先生高興得抓住我的手握個不停，不過，他們的高興，跟我的開心比起來，可說是小巫見大巫。我感覺自己好像重生了一般，好像剛剛重新找到自己一樣，心裡真是無比高興啊！

冒充湯姆．索耶真是件輕而易舉的事，我慢慢愈演愈自在，也不再懸著一顆心了。可是，後來聽他們談到有一艘小蒸汽輪船正從大河上開往這裡，我心裡又開始覺得不對勁。如果湯姆就在那艘船上，而他還沒等我說明情況，就進門喊出我的名字，那可怎麼辦呢？

絕對不行！

於是，我藉口要去鎮上把行李取回來，就獨自離開了菲爾普斯家。

我駕著菲爾普斯家的馬車前往鎮上，才到半路，就看見另一輛馬車往我的

方向過來，定睛一看，果然是湯姆．索耶，沒錯！我停下馬車，等他過來，然後大喊了一聲：「**站住！**」他的車就挨著我的車停了下來。

湯姆的嘴巴張得大大的，就這樣愣了很久，後來他才開口說：「我從來沒做過對不起你的事，你的魂魄為什麼要纏著我啊？」

我說：「我的魂魄並沒有纏著你，我根本就沒有死！」

他摸了摸我，又盯著我看了一陣子，才放下心來。再次見到我，湯姆高興極了，他告訴我，大家都以為我被謀害，我老頭不久後也失蹤了，沒再回去過，而華森小姐的黑奴吉姆也逃跑了……等等。

我則訴說了這段時間的冒險經歷，國王和公爵演出《皇家寵物》，以及在大河上漂流的經過。最後，把現在陰錯陽差假扮成他的情況告訴了他。

湯姆想了想，說：「我有辦法。你把我的箱子搬到你的車上去，就當作是你的行李，然後先回去。我到鎮上一趟，大約半個鐘頭之後我再過去。」

「好，不過還有另外一件事。這裡有個黑人，我打算把他帶走，讓他不用

再給人當奴隸。他就是華森小姐的那個吉姆。」

湯姆說：「啊！吉姆也在……」他眼睛一亮，說：「好！我幫你！」

把他的箱子搬到我的馬車上之後，我們就各自駕著馬車往相反方向趕路。

沒過多久，湯姆假裝成自己的弟弟希德．索耶來到菲爾普斯家，薩利阿姨一家人對於希德突然來訪有點驚訝，但仍然高興的歡迎他。當大家其樂融融的一起吃午餐和聊天時，我和湯姆一直豎著耳朵仔細聽著，希望能聽到關於吉姆的消息，但是從頭到尾沒有一個人提起。

吃晚飯的時候，一個孩子問：「爸爸，能讓湯姆和希德帶我去看戲嗎？」

「不行，」菲爾普斯先生說：「根本沒有什麼戲可看，那個逃跑的黑人已經把演戲詐騙的事情，告訴我和波頓了。我估計，這會兒，波頓早和鎮民們把那兩個不要臉的混蛋攆出鎮去了。」

剛吃完晚飯，我和湯姆就假裝自己累了，想先上樓睡覺，但是卻偷偷從窗戶爬出房間，往鎮上跑去。

當我們趕到鎮上時，剛好看見一大群人拿著火把，憤怒的嚷嚷著，他們把國王和公爵抬在木架上遊街——國王和公爵的身上被塗滿柏油、貼滿了雞毛，簡直像是兩把巨大的雞毛撣子。

第十二章 營救吉姆的計畫

看到這兩個壞蛋終於受到懲罰，我反而高興不起來，心情亂糟糟的，有點兒愧疚，有點兒自責。我跟湯姆聊了聊，他說他懂我的感受。隨後，我們就撇開這話題，開始想著怎麼營救吉姆，湯姆忽然說：「聽我說，哈克，我們真傻，居然沒想到這一點，我敢打賭，我知道吉姆在哪裡。」

「不會吧？他在哪？」

「你知道有個黑人總是往一間小屋子送吃的吧？就在那裡。」

第二天，我們一早起床，馬上去跟那個黑人攀了攀交情。用過早餐後，我和湯姆便跟著他一起去送吃的，果然在那間小屋子裡發現吉姆。湯姆悄聲對吉姆說：「千萬別讓人知道你認識我們！晚上，你要是聽見有人在挖地道，那就是我們，你放心，我們會救你出去的。」

那天上午，我從曬衣繩上「借」了一條床單和一件白襯衫，還拿了幾根蠟

燭，後來又找來一個袋子，把所有東西裝進裡面。

到了夜裡，我們趁大家都睡著的時候，從窗戶爬出去，溜到小屋子旁邊，開始挖起地道。我們用偷來的兩把長刀使勁的挖了又挖，差不多挖到半夜，兩人都累得要命，掌心還磨出了血泡，卻一點進展也沒有。

後來，我在舊工具堆裡翻找了一陣，找到一把十字鎬和一把鐵鍬。我拿起鐵鍬，再把十字鎬扔給湯姆，湯姆馬上一聲不吭的動手挖土。他做事老是那麼認真，一點都不馬虎。於是，我們一個刨土，一個鏟土，配合得很好，總算挖開了一個洞，看起來還算有進展。

隔天晚上剛過十點，湯姆和我又溜出去，拿起工具使勁兒挖地道，大約挖了兩個半鐘頭，終於把洞挖穿了。我們從吉姆的床底下爬進小屋裡，點亮蠟燭，把吉姆叫醒。吉姆看見我們，高興得要命，他要我們趕緊去拿一把斧頭，砍斷鎖著他的鐵鍊，快點逃跑。但是湯姆說，這跟他的計畫不一樣，他要按照計畫進行。然後，湯姆把自己的計畫全部說了出來，並強調如果情況不對，也會馬

上改變計畫。總之，一定會讓吉姆順利逃脫。

給吉姆吃下定心丸後，我們就離開那裡，去院子裡的廢料堆裡東翻西找，找到一個舊的白鐵盆，然後又去地窖裡偷了一袋麵粉，預備拿來烙大餅。做完這些事，我們才發現太陽早已升起。打算走去餐廳吃早餐的路上，薩利阿姨正好走過來，生氣的嚷嚷著塞拉斯姨丈的襯衫不見了，還有床單、蠟燭等等。當大家說懷疑可能是被老鼠拖走了，我和湯姆總算鬆了一口氣。

沒想到，烙餅那麼費工夫。我們來到樹林裡，用了整大袋麵粉，還被燙傷好幾次，才終於烙出一個中空的大餅。我們把床單撕成小布條搓成繩梯，然後把繩梯夾在大餅裡烙，好不容易終於成功了。

我們還在大餅裡放了其他東西，包括襯衫和蠟燭等

等，雖然吉姆不需要這些東西也能逃跑，但是湯姆說越獄的人都有這些工具。我們把大餅放在端給吉姆的盤子裡，趁送飯時交給吉姆。等小屋裡只剩吉姆一個人的時候，他就可以撕開大餅，把繩梯從裡面拿出來，藏在床上的草墊裡。

過了三個禮拜後，湯姆說，該實施下一步計畫了。他寫了一封匿名信，把信塞進菲爾普斯家前門的門縫。信上寫著：

> 小心！大難臨頭，務必警惕！
>
> 無名氏

第二天，湯姆在前門釘了一張畫著骷髏的圖。第三天，又在後門釘了一張畫著棺材的圖，這下子可把薩利阿姨一家嚇壞了。

湯姆說，打鐵趁熱，壓軸戲該上場了。翌日清早，湯姆寫了另外一封信，

趁著守夜的黑人還在睡覺，把信插在他的領子後面，信上是這麼寫的：

> 我希望和你們做朋友，請你們千萬不要出賣我。有一幫從印第安區來的暴徒，計畫今晚偷走你們家那個逃跑的黑奴，他們一直在恐嚇你們，就是想讓你們不敢輕舉妄動。我是他們的同夥，但是現在已經信了上帝，想金盆洗手，重新做人，所以才寫信告訴你們：他們會在十二點整摸進你家院子，用複製的鑰匙打開門鎖，放走黑奴。我會在他們進屋的時候，學羊叫，作為信號，你們要立刻把他們反鎖在屋裡，等有時間再處置他們。請務必按我說的話做，不然他們會懷疑我，我不想要任何報酬，只是想做件好事。
>
> 無名氏

當天晚上大約十一點半的時候，我走進客廳，天哪！裡面竟然聚集十五名農夫，手裡都拿著槍！

我只花了一秒鐘就衝上樓，又花一秒鐘爬出窗外，接著跑到小屋去告訴湯姆，我們得趁早開溜才行——那些人可都拿著武器哪！

不料湯姆卻高興極了，他眼睛發亮的說：「不會吧！哈克貝利，要是再多來個兩百人更好……」

「快點，快點！吉姆在哪裡？」

「就在你旁邊，他已經打扮好了，我們現在就溜出去吧！我來學羊叫。」

可是這個時候，一些細碎的腳步聲在小屋外響起，我還聽見有人觸摸門鎖的聲音，以及說話聲：「我們來得太早了，門是鎖著的，那些暴徒還沒來。這樣吧！幾個人先進屋裡埋伏，其他人在周圍躲起來。」

有幾個人走了進來，在黑暗中他們看不到我們，我們連忙鑽到床底下，通過地道鑽出屋外去。吉姆第一個，我第二個，湯姆第三個。我們三人排成一列，想偷偷跨過柵欄溜走，可是湯姆的褲子被柵欄上的荊棘纏住了，腳步聲越來越近，湯姆情急之下使勁兒一扯，褲子裂開，發出「叭嚓」一聲，有人喊：

「誰？那邊是誰？快說，不然我開槍了。」湯姆跟在我們後面奮力奔跑，馬上有人追了上來，**砰！砰！砰！**子彈在我們身後刷刷刷飛射而過，我聽見他們大聲喊著：「他們往河邊跑了，快追啊！把狗也放出去。」

我們跑到拴木筏的地方，確定三人都上船後，便拼命的往大河中央划，岸上傳來人群跑動的聲響，還有狗吠的汪汪聲。終於，我們擺脫了危險，從容舒服的在木筏上坐下來後，我鬆了一口氣，說：「吉姆，你現在自由啦！我保證你再也不用給人當奴隸了。」

「這次的事情做得真漂亮，把他們耍得團團轉，哈哈哈！」湯姆開心的說。

我們都很高興，但是湯姆說，最、最高興的是他，因為他光榮掛彩，小腿上中了一顆子彈。

我和吉姆聽到，嚇了一大跳，連忙查看他的傷口。他的傷勢不輕，小腿在流血。我們趕緊讓他躺下，撕碎了一件襯衫，幫他包紮傷口。

湯姆卻說：「把布條給我，我自己會捆。別耽擱了，快撐著木筏走吧！」

可是我和吉姆很猶豫，心想不管我們誰受了傷，湯姆絕對不會不管我們的傷，自顧自逃跑的。於是，我們決定先划到獨木舟所在的地方，再由我划獨木舟去請個醫生，而吉姆則留下來照顧湯姆。

醫生是個和氣的老頭兒，我請他和我一起到大河的木筏上給湯姆診治，醫生看了那艘獨木舟，搖頭說，這樣的小船恐怕只能坐一個人。所以為了安全起見，他先划船過去木筏，而我留在岸邊，找找有沒有其他的船可以借用。

待在岸上找船時，我心想，如果醫生診治回來，指認我和湯姆是放走吉姆的犯人，怎麼辦呢？最好的方法，還是綁架醫生，等他完全治好湯姆再放了他，並把醫療費也交給他。我打定主意，等醫生上岸後就扣留他！於是，我坐在一堆木頭上等著，沒想到後來睡著了，一覺醒來，太陽已經高掛在頭頂上了！我

趕緊起身，一邊奔跑一邊四處尋找醫生的蹤影，但才拐個彎就撞上了一個人，我抬頭一看，竟然是塞拉斯姨丈！

他說：「嘿，湯姆，你去哪兒了？」

「啊，我和希德去找那逃跑的黑人。」塞拉斯姨丈又問我希德去哪了，結果我不得不扯謊，說希德在郵局打聽逃跑黑人的消息。於是，姨丈拉著我到郵局，可是「希德」當然不在那兒。我們等了很久，姨丈還到郵局取了一封信，直到天黑了才帶著我先回去。第二天一大早，姨丈剛吃完早餐，又跑到鎮上的郵局去找湯姆，可是仍然沒找到。

阿姨和姨丈坐在餐桌前，討論著湯姆可能的去向，過了一會兒，姨丈說：「我昨天有把那封信交給你嗎？」

「沒有，你沒有給我什麼信。」阿姨回答。

姨丈像是想起什麼似的，從口袋裡找出一封信交給她。

阿姨說：「這是從聖彼得堡寄來的，肯定是姐姐的信。」此時，我只想腳

底抹油開溜。誰知道，阿姨還沒把信撕開，就看見外面有一群人走了進來。湯姆躺在一張床墊上，被人抬著進來，還有吉姆，雙手被綁在身後。趁著大家都跑出門外迎接「希德」時，我順手把阿姨匆忙放下的信偷偷拿走，然後急忙也跟了出去。

阿姨一看到湯姆閉著眼睛、不省人事的樣子就哭了，其他人則痛罵吉姆，還打了他兩巴掌，並拿鐵鍊鎖住他。就在這時候，那個醫生來了，他說：「你們不能這樣對待他，他一直幫忙照顧著這孩子，並且冒著被人抓住的危險，一起把這個孩子送回來的。」

第二天一早，我去看湯姆，打算在他醒來之後先商量一下事情，結果湯姆還沒醒，薩利阿姨就來了，我只好和她一起等著湯姆醒來。

好不容易，湯姆醒過來了。他睜開眼睛，看了一下，說：「咦！我怎麼在這裡？吉姆呢？」

我只好說：「他很好。」我不敢說得太明顯，只能含糊其辭。

「好，那就好。哈哈！那我們都平安無事了，你跟阿姨說了嗎？」我正想說我已經說過了，可是薩利阿姨插嘴說：「說什麼呀？」

「整件事情的經過啊！」

「哪件事情啊？」

「就是我們把吉姆放走的事情啊！」

「可憐的孩子，病還沒好，又在說夢話了。」

「我可沒說夢話，阿姨，你不知道，這事費了我們多大工夫，我們花了好多天，得想辦法偷蠟燭、床單、襯衫和麵粉等等，你根本想像不到，我們還畫了那些骷髏、棺材，又寫了信……」湯姆得意洋洋、興高采烈的說個沒完。

「原來這些都是你們做的好事！」阿姨氣呼呼的打斷他的話，說：「你們以前做的事情我不追究了，不過，要是再想去管那個逃跑黑人的閒事……」

「那個逃跑的黑人？」湯姆望著我：「湯姆，你剛才不是說他很好嗎？難道他沒有順利逃跑？」

「他呀，」薩利阿姨說：「當然沒跑掉，我們又把他捉回來了，還多綁上好幾條鐵鍊呢！」

湯姆一聽，猛的一下從床上坐起來，眼睛冒火，鼻孔張大，大聲吼道：「你們有什麼權利把他關起來啊？他不是奴隸，他是自由的！」

「你說的是什麼話？」

「薩利阿姨，吉姆以前的主人華森小姐兩個月之前死了，她本來打算把他賣掉，可是臨死前後悔了，留下遺囑說要恢復他的自由。我本來想晚一點再告訴你們，好嘗嘗冒險、流血的滋味。哎呀！天哪！波利阿姨！」

我抬頭一看，可不是嗎？波利阿姨就在門口站著，滿臉帶笑。薩利阿姨跑

過去，兩個人開心的摟抱在一塊兒。我趕快衝到床底下，躲了起來。不用說，波利阿姨一來，我和湯姆的身分就曝光了。

波利阿姨說她收到了薩利阿姨的信，信裡說湯姆和希德都來了，兩個人都平安抵達。波利阿姨感到奇怪，心想，怎麼會兩個人都去了呢？所以，她又寄了一封信來詢問狀況，可是遲遲沒有收到回信，就想親自來一趟看個究竟。

第十三章　故事的結尾

後來，我找到機會跟湯姆聊天，湯姆說，他原本是想，如果逃脫的計畫順利執行，我們會和吉姆一起乘著木筏，在大河上自由自在的漂流一段日子，做點有趣的事，再給吉姆一些錢，讓他派頭十足的搭大蒸汽輪船回家鄉去。還要寫封信去吉姆的家鄉，讓那邊的黑人舉辦一個遊行，歡迎吉姆榮歸故里。

大人們終於放了吉姆，我們三個又聚在一塊兒聊天，談著冒險計畫。湯姆說他想溜出去，買些生活必需品，到印第安區玩幾天。我說，好是好，但是我沒錢，買不起出門用的東西，我猜我的那筆錢早就被老頭子從撒切爾法官那裡拿走了。

「不，他後來就都沒有再出現了。」湯姆說：「你的那六千塊錢，一毛都沒少。」

吉姆突然嚴肅起來，說：「他再也不會出現了。」

「為什麼，吉姆？」

「你還記得那個順著大河往下漂的房子嗎？那裡面有一具屍體，我當時不讓你看，你還記得嗎？那個死去的人，正是你的爸爸。」

過了一陣子，湯姆差不多完全康復了。他把那顆子彈用錶鏈繫著，掛在脖子上，常常裝模作樣的拿出來看。我想我得在湯姆和波利阿姨離開前，早一步開溜，因為，莎莉阿姨打算收我當乾兒子，讓我受教育當文明人，但我可受不了，我早就知道那是什麼滋味了。

探索未知的自己

未來，你想成為什麼樣的人呢？探險家？動物保育員？還是旅遊頻道YouTuber……
或許，你能從持續閱讀的過程中找到答案。
You are what you read!
現在，找到你喜歡的書，探索自己未來的無限可能！

你喜歡被追逐的感覺嗎？如果是要逃命，那肯定很不好受！透過不同的觀點，了解動物們的處境與感受，被迫加入人類的遊戲，可不是有趣的事情呢！

哈克終於逃離了大人的控制，也不用繼續那些一板一眼的課程，他以為從此可以逍遙自在，沒想到外面的世界，竟然有更大的難關在等著他……

到底，要如何找到地心的入口呢？進入地底之後又是什麼樣的景色呢？就讓科幻小說先驅帶你展開冒險！

動物保育員

森林學校老師

打開中國古代史，你認識幾個偉大的人物呢？他們才華橫溢、有所為有所不為、解民倒懸，在千年的歷史長河中不曾被遺忘。

瑪麗跟一般貴族家庭的孩子不同，並沒有跟著家教老師學習。她來到在荒廢多年的花園，「發現」了一個祕密，讓她學會照顧自己也開始懂得照顧他人。

影響孩子一生名著系列 02
頑童歷險記
透視人性的善與惡
ISBN 978-986-95585-8-7 / 書 號：CCK002

作　　者：馬克．吐溫 Mark Twain
主　　編：陳玉娥
責　　編：黃馨幼、顏嘉成
插　　畫：鄭婉婷
美術設計：鄭婉婷、蔡雅捷
審閱老師：張佩玲

出版發行：目川文化數位股份有限公司
總 經 理：陳世芳
發　　行：周道菁
行銷企劃：許庭瑋、陳睿哲
法律顧問：元大法律事務所 黃俊雄律師
台北地址：臺北市大同區太原路 11-1 號 3 樓
桃園地址：桃園市中壢區文發路 365 號 13 樓
電　　話：(02) 2555-1367
傳　　真：(02) 2555-1461
電子信箱：service@kidsworld123.com
劃撥帳號：50066538

國家圖書館出版品預行編目 (CIP) 資料

頑童歷險記 / 馬克．吐溫作． -- 初版． --
臺北市 ： 目川文化， 民 106.12
面； 公分． --（影響孩子一生的世界名著）
注音版
ISBN 978-986-95585-8-7（平裝）

874.59　　106025094

網路書店：*kidsbook.kidsworld123.com*
網路商店：*kidsworld123.com*
粉 絲 站：FB「悅讀森林的故事花園」

印刷製版：長榮彩色印刷有限公司
總 經 銷：聯合發行股份有限公司
地址：新北市新店區寶橋路 235 巷 6 弄 6 號 4 樓
電話：(02)2917-8022
出版日期：2018 年 3 月（初版）
定　　價：280 元

Text copyright ©2017 by Zhejiang Juvenile and Children's Publishing House Co., Ltd..
Traditional Chinese edition copyright ©2018 by Aquaview Co. Ltd .
All rights reserved. 版權所有，翻印必究。
如有缺頁、破損或裝訂錯誤，請寄回更換。

建議閱讀方式

型式	圖圖圖	圖圖文	圖文文		文文文
圖文比例	無字書	圖畫書	圖文等量	以文為主、少量圖畫為輔	純文字
學習重點	培養興趣	態度與習慣養成	建立閱讀能力	從閱讀中學習新知	從閱讀中學習新知
閱讀方式	親子共讀	親子共讀 引導閱讀	親子共讀 引導閱讀 學習自己讀	學習自己讀 獨立閱讀	獨立閱讀

旅遊頻道 YouTuber

U0050178

在尋找青鳥的旅途中，走訪回憶國、夜宮、幸福花園、未來世界……

在動盪的歷史進程中，面對威權體制下看似理所當然實則不然的規定，且看帥克如何以天真愚蠢卻泰然自若的方式應對，展現小人物的大智慧！

地球探險家

動物是怎樣與同類相處呢？鹿群有什麼特別的習性嗎？牠們又是如何看待人類呢？應該躲得遠遠的，還是被飼養呢？如果你是斑比，你會相信人類嗎？

遠在俄羅斯的森林裡，動物和植物如何適應不同的季節，發展出各種生活形態呢？快來一探究竟！

咦！人類可以騎著鵝飛上天？男孩尼爾斯被精靈縮小後，騎著家裡的白鵝踏上旅程，四處飛行，將瑞典的湖光山色盡收眼底。

歷史博物館館員